Sandra Kristin Meier

Carla - 2027

Die Geschichte einer unmöglichen Liebe

AF208995

Sandra Kristin Meier

Carla - 2027

Die Geschichte einer unmöglichen Liebe

Bibliografische Information der Deutschen Nationalbibliothek:
Die Deutsche Nationalbibliothek verzeichnet diese
Publikation in der Deutschen Nationalbibliografie;
detaillierte bibliografische Daten sind im Internet
über http://dnb.dnb.de abrufbar.

Herstellung und Verlag: BoD – Books on Demand, Nor-
derstedt

ISBN: 978-3-7578-6151-3

Kapitel 1

Carla bewegte sich auf den dunklen Park zu, der aussah als würden darin Drachen hausen.

Sie hörte nur das Pochen ihres eigenen Herzens und das Klappern der leeren Flaschen, die sie in Beuteln auf ihrem Handwagen hinter sich herzog. Die Pfützen waren zugefroren, die Strommasten vereist. Die kahlen Baumungetüme warfen düstere Schatten im fahlen Licht der Laternen. Nie zuvor im Leben hatte sie solche Angst verspürt wie an diesem Winterabend.

In Funk und Fernsehen wurde davor gewarnt, die Wohnung nach Anbruch der Dunkelheit zu verlassen. Aber Hunger und Durst ließen ihr keine Wahl. Die Vorräte mussten aufgefrischt werden. Es waren jetzt nur noch hundert Meter bis zum Getränkestützpunkt. Carla beschleunigte ihren Schritt, die Flaschen auf dem Wagen begannen stärker zu scheppern, als ob auch sie Angst hätten.

Jetzt stoppte Carla und stieß einen leisen Schrei aus. Es knackte im Gebüsch und etwas Undefinierbares brach mit einem Krachen durch das Unterholz. Erstarrt und mit geweiteten Augen blickte sie in das Dunkel, in dem sich die Konturen einiger Wesen abzeichneten, die näher kamen und dabei an Schärfe gewannen. Ehe sie sich's versah, richteten die Figuren sich auf und bildeten blitzschnell einen Kreis um Carla. Sie hörte ein Schnalzen und Schmatzen, sah Hüften, die sich im Tanze wie nach einer geheimen Melodie wiegten. Unterleiber, die sich ihr entgegenstreckten.

„Schöne Frau, ganz alleine unterwegs?" säuselte eine Gestalt. Sie senkte wortlos den Blick und stellte überrascht fest, dass die Füße des Wesens trotz der Kälte in Sandalen und weißen Socken steckten. Schon aber merkte sie, wie sie von hinten von mehreren Händen gepackt wurde. Sie wollte schreien, aber jemand hielt ihr den Mund zu. „Ficki, Ficki" – War es das letzte, was sie in ihrem Leben hören sollte? Der Rücken nass, die Hände klamm. Sie spürte ihre nahende Ohnmacht.

Plötzlich bellten Schüsse. Der dunkle Schleier, der sich gerade über ihre Augen gelegt hatte, zerriss jäh und ihr war, als träte sie in ein gleißendes Licht ein. Es war das Licht einer Taschenlampe, die ihr ins Gesicht gerichtet war. Eine sanfte Stimme sprach zu ihr:

„Geht es Ihnen gut, Bürgerin? Sind Sie verletzt?" –

„Ich denke nicht", stammelte Carla und blickte in das von schwarzen Locken umwölbte Antlitz ihres Retters. Sie hatte das verdammte Glück gehabt, dass zufällig eine nordafrikanische Bürgerstreife vorbeigekommen war und sie aus den Fängen der Angreifer befreit hatte.

„Überall in den Parks treiben sich Rechte rum. Hören Sie denn nicht die Tagesnachrichten im Fernsehen?" fragte er vorwurfsvoll. „ Ich heiße Massoud", schob er freundlich nach und deutete galant einen Handkuss an. Carla war entzückt. Man erkannte diesen besonders feinen Menschenschlag an den ausgesuchten Manieren dem weiblichen Geschlecht gegenüber.

„Ich bin Carla" erwiderte sie und fühlte, wie sie nach diesem Schreck wieder lächeln konnte. Dann blickte sie sich um.

„Ach ja, Ihre Fracht", sagte Massoud lachend. „Keine Sorge. Darum kümmert sich Sergi."

Ein kleiner Mann verteilte gerade noch Fußtritte an die ins Gebüsch zurückfliehenden wimmernden Gestalten und stand wenig später mit dem Handwagen, einer artigen Verbeugung und den 200 leeren Flaschen vor ihnen.

„Sergi entstammt einer Völkerschaft aus dem Südosten des Kontinents, die seit alters her für ihre ganz besondere Ehrlichkeit berühmt ist. Er ist unser Spezialist für Eigentumsrückübertragung", erläuterte Massoud und entblößte seine leuchtend weißen Zähne. „Und schauen Sie, was Abdul aus Aleppo soeben am Wegesrand aufgelesen hat. Ihre Handtasche mit der Geldbörse!"

Zeit zum Gespräch war nicht, was Carla insgeheim bedauerte. Aber der charmante Massoud und seine Truppe hatten sehr viel zu tun an diesen Abenden und in den Nächten. Die angespannte Lage forderte die Streifen bis zum Äußersten. Leider. Aber so waren nun mal die Zeiten. Das Siedlungsgebiet zahlte die Zeche dafür, dass es seine Hausaufgaben nicht gemacht und den Kampf gegen Rechts trotz aller berechtigter Warnungen über Jahre nicht konsequent genug geführt hatte.

Massoud stellte zwei Kämpfer aus Schwarzafrika ab, die Carla bis zum Getränkestützpunkt eskortierten. Zuvor hatte er ihr zum Abschied dringend etwas eingeschärft, das sie selbst ja nur zu gut wusste und auch täglich im Fernsehen wiederholt wurde:

„Diese Selbstversorger sind vergleichsweise harmlose Allerweltsrechte, die auf der Jagd nach leichter Beute in Gruppen durch Parks und Grünanlagen streunen. Sie sind scharf auf Vorräte und Sex. Die begrapschen alles, was bei drei nicht auf den Bäumen ist. Ich gebe Ihnen aber einen verdammt

ernstgemeinten Rat: Fallen Sie niemals Reichsbürgern in die Hände! Niemals!!"

Kapitel 2

Ja, die Welt war ein düsterer Ort geworden. Ein
Ort, an dem die Hoffnung schwindet und die
Überlebenden sich in ständiger Gefahr befinden.
Endzeitstimmung. Erst tauchten an den Wänden
monotone Zeichen auf, die niemand hatte sehen
und deuten wollen. Hakenkreuz-Graffitis, die von
der Heraufkunft des Reiches kündeten. In Schul-
zimmern wurden von den Sprösslingen der Rechten das Mobiliar und die Kiefer von Lehrerinnen
zertrümmert, die ihnen Anweisungen geben wol-
ten. In den Vorgärten stank es nach Scheiße und
Urin. Alles das waren winzige, stumme Kriegser-
klärungen. Müllsammler tauchten auf. Verwahrlo-
sung und Ghettoisierung. Rechte Familienclans er-
hoben Wegezölle und bekriegten sich auch
untereinander, wenn etwa die Müllers in das Re-
vier der Meiers vordrangen.

Immerhin war Carla unbeschadet aus ihrer Wohnung gekommen. Als sie keuchend die schwere
Stahltür aufschob, die mit sechs Schlössern gesichert war, bemerkte sie die Kratzspuren, die die
Prepper mit Hämmern und Meißeln daran

hinterlassen hatten. Im Treppenhaus gruselige Reste von Blut und Erbrochenem. Überall gebrauchtes Spritzbesteck. Hier hatten Rechte wochenlang campiert. Natürlich waren alle Keller geplündert und auch ihr Lastenrad weg, aber eines hatte man ihr wie durch ein Wunder gelassen: ihren geliebten Hawazuzie - den Handwagen zum Ziehen! Auf dem nun wieder - diesmal fröhlicher - die leeren Flaschen schepperten.

Der Getränkestützpunkt kam Carla wie das Paradies vor. Ein Jahr lang war sie nicht mehr draußen gewesen. „Schütze dich und andere, bleib' zu Hause" lautete die Losung, die in den Qualitätsmedien rauf und runterlief und Carla war für diese wertvollen Informationen sehr dankbar. Nur waren die Lieferservices in Carlas Wohngebiet eben überlastet und als man den Kopf eines Pizzaboten aufgespießt auf einem Zaun fand, wurde nicht mehr gebracht. Die Rechten hatten dem Leichnam die drei Buchstaben ihres Parteikürzels in die Stirn geritzt. Eine Warnung an alle, die an Deutlichkeit nichts zu wünschen übrigließ. Daher hievte Carla nun Kisten mit Mineralwasser ohne Kohlensäure auf den Hawazuzie und sackte massenweise Brot, Knabberzeug und Futter für ihre Katze Mina ein, die zu Hause sehnlichst auf sie wartete. So ließe sich, wenn sie sich beide stark einschränkten, halbwegs über den Winter kommen. Notfalls konnten sie den restlichen Kitt aus den Fenstern fressen. Alles war besser als nochmal den Weg durch den Park zu nehmen. Die Kunden im Markt liefen gramgebeugt durch die Reihen. An allen nagte sichtlich der stumme Selbstvorwurf: Wie konnten wir es nur soweit kommen lassen? Hatte man uns denn nicht vor dem Erstarken der Rechten gewarnt? Niemand wusste, ob er heil und unbeschadet nach Hause kommen und seine Liebsten wiedersehen würde, denn die nordafrikanischen Bürgerstreifen konnten nicht überall gleichzeitig für die nötige Sicherheit garantieren. Noch schlimmer als im Herbst und Winter war es nur im Sommer, da dann rechte Rudel auf der Jagd nach nackten Brüsten über die Freibäder herfielen und alle Kapazitäten der Streifen banden.

Carla trat aus dem Markt und eine Hoffnung zerschlug sich. Massouds afrikanische Mitarbeiter waren offenbar zu anderen drängenden Aufgaben abberufen worden. Sie würde den Heimweg ohne Geleitschutz antreten müssen. Schleppend bewegte sich der Handwagen hinter ihr über den Bürgersteig und bog dann knirschend auf den Kiesweg ein, der durch den Park führte. Carla holte tief Luft, spannte alle ihre Kräfte an und erhöhte keuchend ihr Tempo. Es war ein kleiner

Park. ‚Bitte lieber Gott, es sind doch nur 300 Meter‘. Aber auch der Herr im Himmel hielt seine schützende Hand nicht mehr über das Siedlungsgebiet und seine Einwohnenden, die ihn zu lange verleugnet hatten. Es passierte, was passieren musste …

Carla vernahm ein erst sehr leises und dann stärker werdendes Surren, das klang wie ein sich nähernder Heuschreckenschwarm. Sie wurde hektisch immer schneller. Zu spät.

„Wohin des Wegs? Ihre Papiere!“ ---

Reichsbürger!! Eine bewaffnete Patrouille des gefürchteten 17. elektrischen Rollstuhl- und Rollatoren-Regimentes. Elite-Kavallerie. Mit zitternder Hand kramte Carla ihren Personalausweis aus der Handtasche und reichte ihn dem Gardekürassier, der aus seinem Rollstuhl gesprungen war und sich in seiner ganzen Pracht vor ihr aufbaute. Der silbern glänzende Kürass über dem Paletot, darüber das Bandolier mit dem Kartuschenkasten, lange Stulpenstiefel, der Linienadler über der gewölbten Schuppenkette am Helm mit der Spitze, auf der ein stattlicher Federbusch prangte. Die Epauletten zeugten vom höheren Offiziersrang. Mit spitzen behandschuhten Fingern seiner linken Hand ergriff er das Papier, zog die Brauen hoch und besah es von allen Seiten.

„Was ist das? Hände hoch!" schnarrte er, zog mit der rechten Hand die Pistole aus dem Halfter und fuchtelte damit in der Luft herum. „Sieht so ein gültiger Reichsausweis aus? Mir scheint es sich hier um einen wertlosen Lappen der BRD-GmbH zu handeln, mit dem Sie uns an der Nase herumführen wollen. Diese Frechheiten werden wir Ihnen und Ihren Gesinnungsgenossen rasch austreiben. Verlassen Sie sich darauf. Sie sind verhaftet!"

Mit einem geübten Handgriff, der den ehemaligen Beamten des Bundesgrenzschutzes verriet, legte er Carla, die in Tränen ausbrach, unter dem höhnischen Gelächter seiner Kumpane Handschellen an. Dann hievte man sie auf den Korb eines Rollators und gab ihm die Sporen. Ab ging die wilde Fahrt durch den Park bis zur Straße. Dort warteten mehrere Lastkraftwagen. Carla wurde wie ein Stück Vieh auf eine Ladefläche geworfen, auf der bereits andere Gefangene kauerten, die sich ohne gültige Dokumente unbefugt auf Reichsgebiet aufgehalten hatten. Einige hatte Carla gerade eben noch im Getränkestützpunkt gesehen. Armselige, graue Gestalten, die alle Hoffnungen fahren gelassen hatten. Was fuhr, war jetzt einzig der LKW. Carla rollte in ein ungewisses Schicksal.

Kapitel 3

Quietschende Bremsen rissen Carla aus ihrem kurzen Dämmerschlaf. Der Konvoi hatte sich nur ein paar Kilometer in einen anderen, östlicheren Stadtbezirk bewegt. Stiefelgetrappel. Gebrüllte Kommandos. Knallende Peitschen. Vereinzelte Warnschüsse. Hundegebell. Die Plane der Ladefläche wurde hochgerissen:

„Absitzen!"

Ein jüngerer Offizier im blauen Dienstanzug half Carla vom Wagen. Es hatte zu schneien begonnen. Die Gefangenen mussten in einer Reihe antreten. Zählung. 97 war die Ausbeute dieser Nacht. Abmarsch zur Sammelzelle. Erwartungsgemäß befand sich hier all das, was die Rechten so abgrundtief hassten. Erstaunlich war nur, dass sie den zahlreichen Muslimas, die sie auf dem Einkaufsweg oder bei Putzjobs überfallen hatten, ihre Kopftücher ließen – das Symbol ihrer Selbstbestimmung. Junge Leute mit bunten Haaren und Piercings. Auch PoCs und Transpersonen waren viele vertreten. Carla wurde ihre karge Bettstatt im großen Schafsaal zugewiesen. Zu essen gab es an diesem Abend nichts. Carla war der Appetit ohnehin gründlich vergangen. Keinen Bissen hätte sie nach diesen grauenhaften Erlebnissen heruntergekriegt, die sie in einem Alptraum verarbeitete. Sie rannte mit Massoud durch den Park und plötzlich stand dieser riesige Kürassier-Offizier vor ihr, zog grinsend eine riesige Pistole aus dem Halfter und zielte auf sie. Wie aus dem Nichts tauchte plötzlich der jüngere Offizier in der blauen Uniform auf, der ihr beim Absteigen vom LKW die Hand gereicht hatte. Er haute den Kürassier-Offizier glatt um und sagte: ‚Los, lauft'. Was sie auch solange taten bis sie ohrenbetäubendes Hundegebell hörten. Es waren die Schäferhunde, die Wachleute zum Wecken um 7.00 durch die Bettreihen des Schlafsaals trieben. Es wurde Essgeschirr und Besteck verteilt. Frühstück. Ein Kanten Brot. Etwas Dauerwust und eine Wassersuppe. Aber das wichtigste war. Sie lebte. Noch.

Carla musterte die Zellen-Insassen genau, die einen Querschnitt durch die diverse Welt des Siedlungsgebietes abbildeten. Sehr angenehm fiel ihr schon am ersten Vormittag ein junger Mann auf, der als einziger eine FFP2-Schutzmaske trug. Die große Seuche lag zwar schon vier Jahre zurück, aber es zeugte von großem

Verantwortungsbewusstsein, sich und andere in einem Innenraum dennoch weiter zu schützen. Als positives Erlebnis in der Düsternis ihrer Lage empfand Carla die mittägliche Lieferung einer weiteren Gruppe Gefangener. Denn als diese Menschen hereinkamen, sprang Karl auf, lief auf einen der Männer zu und rief … „Achmett!" Beide gingen in die Hocke, wölbten ihre Ellenbogen nach außen und deuteten eine Körperberührung an. Das war ihre alte Begrüßung gewesen. Achmett hatte ihn also auch erkannt.

„Zwei Meter zehn!" rief Karl, ein imaginäres Abstandholz zückend.

„Perfekt, Digga!" erwiderte Achmett. Es stellte sich heraus, dass sie sich bereits im Herbst 2015 kennen- und schätzen gelernt hatten.

„Es ist, als ob es gestern gewesen wäre", erzählte Karl. Als der Zug mit den minderjährigen Flüchtlingen aus dem Süden auf dem Hauptbahnhof ankam, war Karl der Zwölfjährige mit dem schwarzen Vollbart sofort aufgefallen. Er übernahm eine persönliche Patenschaft und unterstützte ihn bei Behördengängen. Achmett hatte in Rakka als Henker gearbeitet, aber in den Wirren der Zeit seine Festanstellung verloren und war zufällig im hiesigen Siedlungsgebiet gestrandet. Wie viele seiner

Kollegen konnte Achmett eine Umschulung zur Security-Fachkraft antreten; parallel lotste Karl ihn zu den Maskaran. Sie waren ein perfektes Team. Sie unterstützten die Sicherheitsorgane bei der Jagd auf Maskenverweigernde. Ihre Spezialität waren unangekündigte Hausbesuche. Mit leuchtenden Augen erzählten sie von den Punktelisten, die sie geführt hatten. Für einen Schädelbasisbruch konnten zehn Punkte abgerechnet werden, manchen der Nazis zertrümmerten sie mit Eisenstangen nur die Kniescheiben und übergossen ihn dann mit Säure, was mit fünf Zählern honoriert wurde. Beide wurden in der Presse vorgestellt und einmal sogar in die bekannte Talkshow „Schwanz" eingeladen. Carla ging das Herz auf, wenn sie die beiden aus der guten alten Zeit berichten hörte, als die Welt noch in Ordnung war. Sie glaubte an das Gute im Menschen. Insbesondere bei der heutigen Jugend. Und Karl war ein Musterbeispiel für Zivilcourage. Achmett war perfekt integriert im Siedlungsgebiet und strafte damit die Reichspropaganda Lügen. Das Praktikum bei den Maskaran half ihm später bei der Übernahme in den staatlichen Polizeidienst, der damals aufgrund bereits aufkeimender rechter Tendenzen von Grund auf erneuert werden sollte. Leider erfolgte all dies nicht konsequent genug, die Rechten erstarkten und so saßen sie nun alle gemeinsam hier ...

Jäh wurde Carla aus ihren Gedanken gerissen …
Im Kasernenhof quietschten Reifen. Begleitet von
ohrenbetäubendem Hundegebell und Geschrei der
Offiziere. Durch die vergitterten Fenster konnte
man erkennen, dass jemand mit Gewehrkolben
traktiert und über den Hof geprügelt wurde. Wenig später öffnete sich die Zellentür und ein weißer
Schal wehte herein, an dem eine Gestalt im langen
feinen Mantel hing, die unter dem höhnischen Gelächter der Wachleute zwecks Optimierung der
Flugkurve noch einen kräftigen Tritt in den Hintern mitbekommen hatte. Zwei Gefangene wollten
dem Mann aufhelfen, der im Gesicht blutete.

„Danke, nicht nötig. Es ist nur ein Kratzer", rief
der unrasierte Mann und sprang behende auf den
in der Mitte der Zelle stehenden Tisch. Er richtete
seinen Schal und rief:

„Wir dürfen nicht aufgeben. Wir sind hier nicht
gefangen. Wir kommen nur nicht raus. Ich habe
schon ganz andere Probleme gemeistert. Während
andere Völkerrecht studierten, kam ich von der
Schweinezucht her und wurde zum Insolvenz-
Fachmann."

Carla fiel es wie Schuppen aus den Haaren: Es war
der bekannte Kinderbuchautor! Seine Rede war
nicht nur inhaltlich überzeugend, sondern auch

emotional überaus bewegend. Als er alle zum Durchhalten aufrief und die Geschichte erzählte, wie er – „ohne Scheiß, Leute" – sein Müsli mit Wasser essen musste, weil die H-Milch aus war, standen nicht nur Carla die Tränen der Rührung in den Augen. Nachdem der Autor Autogramme gegeben hatte, rannte er die ganze Nacht hektisch in der Zelle auf und ab. Am nächsten Morgen wurde er trotz heftiger Gegenwehr von den Wachleuten herausgeprügelt und offenbar in eine Einzelzelle verlegt. Wie sich herausstellte, hatte Karl ihn wegen der aufrührerischen Rede gemeldet, weil er sich ein paar Pluspunkte und fichvegetariche Gerichte bei den Reichsbürgern verdienen wollte. Den neuen Machthabern.

Kapitel 4

Der zweite Tag in der Zelle verging in angstvoller Erwartung. Immer noch hatte man ihnen nicht mitgeteilt, welches grausame Schicksal sie erwartete. Carla versuchte, so viele Informationen wie möglich zu sammeln. Sie lugte auf Zehenspitzen durch das vergitterte Zellenfenster, sah die Pickelhauben ins Gefecht ziehen oder vom Einsatz heimkehren. Im Hof der Kaserne wurde exerziert. Grenadiere, Füsiliere, Jäger, Musketiere, Husaren, die von Korporalen und Rittmeistern gedrillt wurden. Auch fielen immer wieder Schüsse, von denen man nicht wusste, ob es Erschießungen von Gefangenen waren oder nur Schießübungen. Auch das Reinigen der Waffen und die Reparatur der Rollatoren fand trotz der kühleren Temperaturen teilweise im Hof statt. Höhere Offiziere stolzierten steif über den Platz. Immer wieder peitschten gebellte Kommandos durch das Rund und wenn es mal kein Offizier war, der bellte, dann übernahm das einer der allgegenwärtigen Schäferhunde. Es ging sehr diszipliniert und hierarchisch zu, so wie man es von autoritätsgläubigen Rechten kannte.

Kurz nach der Mittagssuppe schimmerte plötzlich etwas Hoffnung in der Tristesse. Denn der Kommission, die die Sammelzelle inspizierte, gehörte neben Entlausern und sonstigem medizinischen Fachpersonal auch der besagte jüngere Offizier in blauer Uniform an. Silberne Feldbinde mit silbernem Schluss. Vergoldete Kollerborte mit Vorstößen in der Regimentsfarbe. Stiefel mit Anschnallsporen. Edle Wildlederhandschuhe. Carla schloss die Augen. Als sie sie wieder öffnete, sah sie das schöne Gesicht unter der Schirmmütze mit der blaugrundierten Reichskokarde mit dem geschwungenen roten Pfeil direkt vor sich.

„Besondere Sorgen oder Klagen, Carla?" fragte er mit der Stimme, mit er bereits im Traum zu ihr gesprochen hatte.

„Woher wissen Sie …" ---

„Ihren Namen", unterbrach sie der Offizier. „Wir haben Erkundigungen über Sie eingezogen. In einer Stunde wird sich eine Mitarbeitern des Reichsministeriums für Sonderangelegenheiten bei Ihnen melden, um Ihnen ein Ansinnen vorzutragen, dem Sie besser Folge leisten, um Ihre Situation zu verbessern." ---

„Ja, das werde ich tun. Aber mit wem habe ich jetzt gesprochen, wer sind Sie? Wie ist Ihr Name?" Carla klammerte sich an jeden Strohhalm.

„Meinen Namen und Dienstgrad darf ich Ihnen aus Sicherheitsgründen nicht verraten. Nennen Sie mich am besten X." X legte einen Finger an die Dienstmütze, nickte ihr zu und ging.

Die annoncierte Mitarbeiterin stellte sich als Mirjam vor. Eine lustige schwergewichtige Frau in mittleren Jahren, die über ihrem traditionellen Trachtenkleid eine Krawatte mit Hundemotiven trug.

„Ich arbeite bei der Partei als Personalberaterin. Ich rekrutiere Gäste für eine Parteiveranstaltung auf einem Schloss für heute Abend. Na, das wäre doch besser als hier im Knast vor sich hin zu rotten. Oder?" ---

Carla dachte an die Worte von X, dass sie lieber Folge leisten solle und nickte.

„Na, dann mal runter mit dem Sackkleid und rein in neue Klamotten", rief Mirjam fröhlich und nahm sie mit in eine Umkleidekabine im Seitentrakt des Gebäudes. In der Tat hatte Carla für den Weg zum Getränkestützpunkt ihr hässlichstes Kleid samt grauem Mantel angezogen, um nicht unnötig die lauernde Lüsternheit der Rechten anzustacheln. Erstmal unter die Dusche. Mirjam hatte ihr ein kurzes, sexy Kleid rausgesucht. Während Carla unter ihrer Aufsicht den Lippenstift auftrug („Kräftiger!"), Rouge auflegte („Mehr!") und sich ordentlich mit Parfüm einnebelte, plauderte Mirjam wie ein Wasserfall. Im Mittelpunkt ihrer Erzählungen standen ihre Begegnungen mit Parteiführer Dr. Glöckler, von dem sie liebevoll und mit Hochachtung als *Wing Commander* schwärmte. Erstmals im Leben traf Carla damit ein echtes bekennendes Fangirl jenes hochgefährlichen Mannes, der der führende Kopf des gerade wieder aufkeimenden Reiches war und das gesamte Siedlungsgebiet in den Faschismus stürzen wollte. Mirjam erzählte vom weißen Hemd mit den schwarzen Knöpfen des Commanders und dass sie dessen Lieblingseissorte kenne, die sie aber nicht verraten würde. Leider habe sich der Held ihrer Träume bekanntlich seit drei Jahren nicht in der Öffentlichkeit gezeigt, was sie sehr bedauere. Carla erschrak über das Maß, in dem das Reich nicht zuletzt auch Frauen indoktrinierte und verführte. Als Mirjam mit Carlas Verwandlung zufrieden war, fuhr im Hof auch schon die blaue Minna vor, wie man die polizeilichen Transporter der Reichsbürger im Volksmund nannte. Das Vehikel setzte sich in Bewegung zum Schloss des Prinzen Preuß XVII., dem Gastgeber des diesjährigen Inneren Reichsparteitages.

Hier saß Carla nun in der Reihe Null neben anderen herausgeputzten Frauen und presste angstvoll ihre Beine zusammen. Das Vorprogramm hatte begonnen. Abordnungen der fünfzehn Gauländer betraten nacheinander in unterschiedlichen, regional geprägten Uniformen unter scheppernder Blasmusik die Bühne, entboten in kurzen Ansprachen ihren Gruß an die Reichshauptstadt und präsentierten mit stolzgeschwellter Brust ihre Banner, Wimpel und Standarten. Dieses Defilee dauerte zwei Stunden.

Dann betrat der Schlossherr persönlich die Bühne: in Cordhose und Tweed Sakko, gestützt auf einen vergoldeten Rollator, der mit Diamanten besetzt war und sein königliches Geblüt sowie seinen Reichtum symbolisierte. Huldvoll winkte Prinz Preuß XVIII. in die tobende Menge und grüßte die Delegierten und Gäste. Gespannte Stille herrschte, als er zum Entrée aus der Abhandlung 'Die Smaragdtafeln von Thoth dem Atlanter' vorlas. Dann folgte der sehnsüchtig erwartete positive Überblick zum Stand der erfolgreichen Aufbauarbeit am Reich. Als seine prinzliche Exzellenz und designierte Kaiser von einem Goldschatz sprach, die Wiederaufnahme der Produktion von Reichsflugscheiben andeutete und ein in Alufolie gewickeltes Satellitentelefon mit den geraunten Worten hochhielt, dass er mit dem Zaren einer Großmacht im Osten in Kontakt stünde, der dem Reich Unterstützung signalisiert habe, gab es kein Halten mehr. Das Publikum flippte aus. In entfesselter Begeisterung wurden Krückstöcke geschwungen, vereinzelt flogen Blindenbinden, Gebisse, Haarteile und sogar eine Beinprothese auf die Bühne, an der noch der Schuh hing. Der Betreffende wollte seine künstliche Hüfte hinterherschmeißen, was sich aber als schwierig erwies. Er hatte zu viel getrunken. Der Endsieg schien nahe. Der Schlachtruf „Nieder mit dem Siedlungsgebiet, Tod den Reptiloiden!" hallte donnernd durch den Saal.

Um diesen Programmpunkt abzuschließen, präsentierte eine beliebte Seniorinnentanzgruppe, die im Siedlungsgebiet wegen Untergrabung der interkulturellen Sensibilität und kultureller Aneignung polizeilich gesucht wurde und im Reich Kultstatus genoss, gemeinsam mit Prinz Preuß XIX. musikalisch begleitet von einem Didgeridoo Darbietungen in mexikanischen Ponchos und Sombreros, japanischen Kimonos und indischen Saris.

Danach walzte der beleibte Veranstaltungsleiter vor das Auditorium. Er konnte seine Aufregung nicht im Zaum halten, als er mit sich überschlagender Stimme die Sensation des Abends ankündigte, ein Ereignis von alles überragender historischer Tragweite, das das Siedlungsgebiet aus den Angeln heben, das Reich aus Trümmern wiedergebären und für tausend Jahre prägen werde. Seine Stirn war nass vor Schweiß. Aus seinem Mund flossen Liter von Speichel. Die gewaltige Bedeutung seiner in Ekstase geschrieenen Worte übermannte den Redner. Er brach unter einem Meer von Tränen ohnmächtig zusammen und wurde unter großer Anteilnahme des Publikums von der Bühne getragen. Was um Gottes Willen würde nun passieren, fragten sich viele hundert Menschen um Saal und mit ihnen Carla. Quälende Minuten des Wartens begannen.

Kapitel 5

Die Tür springt auf und herein platzt im Parade-schritt ein Glatzkopf im braunen Hemd mit blauer Anstecknadel über dem Brustriemen: „Dr. Glöck-ler ist soeben eingetroffen!" schnarrt es begleitet vom zackigen Knallen der Lederstiefel. Ein Rau-nen und Tuscheln rast durch den Saal. Einzelne spitze Schreie. Gläser klirren zu Boden. Damen fal-len in Ohnmacht. Einige Gäste erheben sich. Erster zaghafter, noch ungläubiger Applaus. Durch die halbgeöffnete Tür sieht Carla IHN. Der edle Her-melinmantel, den er locker über die Schulter gelegt hat, wird ihm von Bediensteten abgenommen, während weitere Männer vor ihm knien und in hündischer Unterwürfigkeit versuchen, den präch-tigen Siegelring ihres Herrn und Meisters zu küs-sen. Ein kleiner, gedrungener Mann mit einer auf-fälligen Narbe auf der Stirn befreit die Reitstiefel Glöcklers mit der Zunge eilfertig von mutmaßli-chen Schneeresten. Der derart Verehrte streicht sei-nen treuen Parteidienern väterlich über die Köpfe und schaut dabei in Richtung der Tür, durch die er gleich eintreten wird. Carla zuckt zusammen. Schaut er sie an? Der strenge Scheitel, die Eises-kälte der stahlblauen Augen. Carla spürt vom ers-ten Moment an das gefährliche Charisma, das von diesem Mann ausgeht, vor dem die Qualitätsmedien jahraus, jahrein rund um die Uhr händeringend gewarnt hatten. Vergeblich. Drei lange Jahre hatte er sich in der Provinz aus strategischen Gründen zurückgehalten und innere Parteifeinde ausgeschwitzt, aber nun, da die Stunde der Machtergreifung gekommen ist, tritt er aus der Deckung und zeigt sich. Er ist wieder da … und schreitet in diesem Moment gravitätisch in den Saal. Das Auditorium schnellt von den Sitzen. Tosender, langanhaltender Applaus, in den sich Hochrufe und „Glöckler, Glöckler" -Sprechchöre mischen. Der Gefeierte genießt diese Bekundungen seiner Gefolgschaft sichtlich. Eine Träne der Rührung kullert ihm aus einem Auge. Nach neun Minuten rhythmischen Klatschens und Füßetrappelns der Delegierten tritt Bert Glöckler ans Rednerpult, reißt den rechten Arm blitzschnell in die Höhe und lässt ihn langsam sinken. In den auf dieses Kommando jetzt abflauenden Applaus hinein spricht er seine berühmte Anredeformel:

„Ich grüße euch, geliebte Kämpfer für das Reich!"

Im Saal herrscht jetzt absolute Stille. Das einzige, was Carla hört, ist ihr eigenes schlagendes Herz. Dazu spürt sie ihre schmerzenden Handflächen, denn auch sie hatte in den Dauerapplaus der Klatschhasen eingestimmt. Es war völlig unmöglich, sich als einzige diesem Sog der frenetischen Masse zu entziehen. Und es hätte sehr wahrscheinlich ihr sofortiges Todesurteil bedeutet.

Nach einer weiteren Handbewegung Glöcklers, er deutet mit dem Zeigefinger nach unten, sinkt das stehende Publikum unisono zurück in das Gestühl. Glöckler dirigiert hier nicht eine Gruppe von Menschen, nein, er befehligt einen Organismus. Nach einer Kunstpause, die drei Minuten dauert und die Stimmung schier unerträglich zum Zerreißen anspannt, beginnt seine Ansprache. Glöckler liefert einen Abriss der Geschichte des Heiligen Reiches und gemahnt an die Ahnen, auf deren Schultern wir stünden. Es folgt eine präzise Bewertung der aktuellen Lage, die keine Fragen offen lässt. Dann erläutert er die Strategie und Taktik des weiteren Vorgehens und schließt mit einer Kampfansage an den Feind, die es in sich hat:

Spürt, bis ins Mark eurer letzten Tage

Altparteien, meinen knirschenden Schritt

Wenn ich mit rauschendem Fittich zerschlage

Das Beutekartell, unter dem das Volk litt

Schöner als Gott und die feindlichen Heere

Reiten WIR, Engel vom Unteren Reich

Silbernen Hufs durch die steinerne Leere

Städte, schon morgen dem Erdboden gleich

Nichts, nur das Reich soll den Tag überdauern

Dies meine Botschaft an unseren Feind

Nun frisch ans Werk, wir stürmen die Mauern

In meinem Kampfe sind wir vereint!

Ein nicht enden wollender Beifallsorkan rollt durch den Saal und lässt das gesamte Gebäude in den Grundfesten erbeben. Eine riesige Kirchenglocke wird geläutet und tausend kleine Revers-Glöckchen. Das Markenzeichen der Bewegung, das das Aufwachen symbolisiert und viele der Uniformen und zivilen Anzüge schmückt. Auf der Leinwand sieht man Glöckler im Großformat die Lippen mit der Zunge vorfeuchten, dann schürzen und spitzen. Die tobende Menge frohlockt. Sie kennt dieses Prozedere und weiß, was nun kommen wird … Bert Glöckler lässt ein zart gehauchtes „Blüüüüüüüh…" entfleuchen, das sich immer länger zieht, die Masse stimmt begeistert ein. Das Reichslied! Glöckler zieht das üüüü weiter in die Länge, steigert mit der Hebung des rechten Armes die Tonlage, was er die letzten drei Jahre in seiner selbst auferlegten Klausur täglich mehrere Stunden vor dem Spiegel seines Tonstudios in den

Bergen des mittleren Reiches geübt hatte. Unten im Saal müssen die ersten aufgeben, einige kippen schlicht um, während Glöckler sich dem Hohen Ü annähert, das in einem schrillen Crescendo kulminiert und dann in ein „he" übergeht.

Blüüüü-he unser Reich

Niiiichts ist dir gleich

Allzeit wir dich ehren

In Liebe uns zu dir verzehren

Dem Feinde niemals wir verzeihn

Ihm schlagen wir den Schädel ein

Nach dem gemeinschaftlichen Absingen der siebzehn Strophen des Reichsliedes, die hier aus Gründen der Politischen Korrektheit nicht im einzelnen aufgeführt werden können, dankte Dr. Glöckler den ‚Geliebten Kämpfern für das Reich' und wünschte ein ‚geselliges Beisammensein bei volkstümlicher Musik'. Er wandte sich um und ging zum gläsernen Lift auf der linken Seite der Bühne. Carla bemerkte, dass Glöckler einen Fuß leicht nachzog. Dann fuhr er huldvoll winkend zur Ehrenloge empor. Eindrucksvoll umwölkt von einem Bühnennebel. Carla hatte mit ihrer feinen Nase diesen eigenartigen Geruch im Saal schon vorher bemerkt, der sich durch den Nebel noch verstärkte. Parallel zu Glöcklers Auffahrt bewegte sich auf der entgegengesetzten Seite der Bühne in perfekter Dramaturgie ein Fahrstuhl hinab. Ihm entsprang eine Gruppe von Männern in dunkler Kluft mit Musikinstrumenten.

„Das ist Kapellmeister Rindermann mit seiner Combo", flüsterte Carlas Sitznachbarin ihr aufgeregt zu.

„Sah ein Mädchen ein Röslein stehen Blühte dort in lichten Höhen" --- Rindermann war ansatzlos in das musikalische Rahmenprogramm des Inneren Reichsparteitages eingestiegen. Er sang von der Sonne, erzeugte Blitze auf der Bühne, ein großer Tiegel wurde hereingeschoben und ein Combomitglied darin gebrutzelt, was Veganerin Carla als Aufforderung zum reaktionären Fleischverzehr erkannte. Der Saal stand Kopf. Er sang von der Mutter, der Sehnsucht, Engeln und Liebe. Als der mittlere Teil eines der Titel lief, stieg Rindermann in seinen schweren Kampfstiefeln von der Bühne und strich durch Reihe Null, wo die jungen Frauen saßen wie an einer Perlenschnur aufgereiht. Er tanzte an ihnen entlang und plötzlich war sein kantiges Gesicht direkt vor Carla und seine Nase senkte sich in ihr bebendes Dekolleté. „Du rrrriechst so gut, holdes Mägdelein, war ihm eine Rose

steigen". Carla nahm die dargereichte rote Rose entgegen. Rindermann zwinkerte ihr zu, um dann seinen muskulösen Körper zur ordnungsgemäßen Fortsetzung des Kulturprogrammes zurück auf die Bühne zu schwingen. Der/die LeserIn wird sich bereits denken können, dass Carla in diesem Moment vor Schreck zur Salzsäule erstarrte. Den Rest des Konzertes nahm sie nur im Unterbewusstsein wahr. Sie sah nicht wirklich, wie die Delegierten in Ekstase auf den Tischen tanzten und ihre Leiber im rhythmischen Gleichklang zu den kreischenden Klängen der Combo zuckten. Vor ihrem geistigen Auge sah sie nur eins: wie der massige Rindermann über sie herfiel und ihr Kleid zerriss. Wie war sie nur in diese ihr so fremde Welt geraten? Es war kein Traum. Diese Welt war real, denn sie spürte, wie sie jemand kräftig in die Seite knuffte.

„Hey, du Glückliche", rief die dralle Mirjam. „Der Kapellmeister scheint Gefallen an dir gefunden zu haben. Ich glaube, du bist erwählt!" ---

„Oh nein, kannst du mich bitte hier rausbringen", flehte Carla, der neben aller Angst vor ihrem Verehrer auch gehörig der Schädel von den Redebeiträgen und der brachialen Metall-Musik dröhnte.

„Klar, kein Problem, ich bringe dich in die Zelle zurück", sagte Mirjam verständnisvoll und rief nach den Wachen und der blauen Minna. Als Carla sich zehn Minuten später erschöpft auf ihr Feldbett fallen ließ, erinnerte Mirjam sie daran, dass sie sich lieber noch etwas frischmachen, die Lippen nachziehen und etwas Rouge auflegen solle, denn nach dem Konzert beginne die *After Show Party*. Mirjam ging und hinter ihr fiel krachend die Tür ins Schloss.

Totenstille. Größer konnte der Kontrast zu dem gerade durchlittenen ohrenbetäubenden Lärm nicht sein. Die anderen Gefangenen lagen apathisch auf ihren Matratzen. Einige erwartete der Tod durch Erschießen im Morgengrauen. Andere die lebenslängliche Zwangsarbeit in den Steinbrüchen oder auf den Spargelplantagen des Reiches. Auf Carla wartete Rindermann. *Tür und Tore bewacht.* Wie dem Bösen entrinnen? Carla hörte eine Stimme aus dem Kissen. Es war die Stimme des Kapellmeisters und sie sah, wie er aus dem Bettzeug steigt. Sie verlor vor Angst den Verstand und hatte noch die Rose in der Hand.

Kapitel 6

Ein Schlüssel, der sich langsam im Schloss dreht, ein schwarzlockiger Kopf lugt im Halbdunkel um die Ecke. Eine Gestalt kommt herein und eine Hand legt sich sanft auf Carlas Mund.

"Psst! Keinen Mucks bitte. Wir holen euch hier raus!" Carla nickte. Die Hand zog sich zurück.

„Wer seid ihr?" –

„Wir sind ein salafistisches Spezialkommando. Wir kämpfen gegen Reichsbürger, die unser Siedlungs-gebiet bedrohen. Gott ist groß. Ich bin Abdulla", sagte der Fremde mit angenehmem arabischen Ak-zent, verneigte sich und schüttelte der leichenblas-sen Carla die schweißnasse Hand.

„Wir müssen uns aber beeilen. Die Reichler wer-den bemerken, dass wir die Wachposten ausge-schaltet haben. Sie werden bald hier sein."

Carla umarmte ihren Retter und huschte flüsternd durch die Zelle. Leuchtende Augen. Plötzlich Hoff-nung. Den Atem anhaltend auf Zehenspitzen schlich der Trupp der Muslimas, Transsexuellen, Klimaschützer und Lehrer durch den langen Flur in Richtung Hinterausgang.

„Was ist mit dem Kinderbuchautor?" flüsterte Carla aufgeregt.

„Wir können leider nichts mehr für ihn tun", ent-gegnete Abdullah ernst. „Diese gemeinen

Verbrecher haben ihn im Keller ausgerechnet an eine Ölheizung gekettet."

Sie gingen weiter. Plötzlich sah Carla, wie sich in einem Verlies eine Hand mit letzter Kraft der Verzweiflung an die Gitterstäbe klammerte, so dass das Weiße der Fingerknöchel hervortrat. Irgendwo spielte auf einer Mundharmonika das Lied vom Tod. Im Halbdunkel der Zelle sah sie die unscharfen Konturen einer ausgemergelten Gestalt, die mit der anderen Hand einen Spekulatius hielt, an dem sie traurig knabberte.

„Es ist seine Henkersmahlzeit", sagte Abdullah. „Er wird morgen in der Früh' den Jagdhunden des Prinzen Preuß bei lebendigem Leibe zum Fraß vorgeworfen. Eine Kugel sei zu schade für ihn. Sein Schicksal ist besiegelt. Er ist zu schwach zur Flucht. Wir müssen ihn zurücklassen." ---

"Oh", rief Carla und ihr stand unbeschreiblicher Schmerz ins Gesicht geschrieben, denn sie hatte soeben erkannt, um wen es sich bei dem Todgeweihten handelte. Die mehrfach preisgekrönte Edelfeder des Qualitätsblattes schlechthin, des Sturmgeschützes des Siedlungsgebietes. Sie hatte alle seine Reportagen, die sich durch besonders akribische Wahrheitstreue auszeichneten, buchstäblich verschlungen.

„Los, komm schon, wir müssen raus hier, wenn du überleben willst." Abdullah zog sie mit Gewalt von dem Gitter weg und schleifte sie förmlich zum rettenden Ausgang, an dem bereits sieben schwerbewaffnete Kämpfer seiner Bruderschaft knieten, schweigend ins Gebet vertieft. Als sie damit fertig waren, rollten die vollbärtigen Krieger ihre Teppiche ein und die Flucht wurde fortgesetzt.

Ein kritischer Moment entstand, als sich eine der Transen beim Überklettern der Brandmauer auf der Räuberleiter einen Fingernagel abbrach und laut zu Heulen und Schreien anfing. Ein Wachhund schlug an, aber Abdelkerim, möge Gott seiner Seele gnädig sein, ging los, erledigte ihn, wurde dabei zwar von den Wachleuten erschossen, verschaffte der Gruppe durch die Ablenkung aber einen Vorsprung. Während er mit einem Lächeln auf den Lippen als Märtyrer starb, schafften es alle über die Mauer. Auf der anderen Seite wartete ein Lastkraftwagen. Rasch alle auf die Ladefläche. Auch die erwähnte Transperson konnte inzwischen wieder lächeln, denn sie hatte in ihrem Necessaire einen Ersatznagel gefunden und war jetzt damit beschäftigt, ihn im Dunkeln anzukleben.

Carla glaubte ihren Augen nicht zu trauen als sie sah, wer das Vehikel fuhr: X! Er trug seine

Reichsbürgeruniform. Carla starrte ihn mit großen Augen ungläubig an.

„Ich erkläre es dir später. Lass uns erstmal unseren Hintern hier weg und in Sicherheit bringen", sagte X und trat aufs Gaspedal.

*****

Es war eine wilde Fahrt hinaus in einen Teil der Stadt, der noch weitgehend von den Autoritäten des Siedlungsgebietes kontrolliert wurde. Wenn Vertreter des Reichs sich hier blicken ließen, würden sie von den AntifaschistInnen mit einem Hagel von Pflastersteinen erwartet, erklärte die inzwischen gut gelaunte Transperson, die sich als Agnes vorstellte. Teils ging es über Kopfsteinpflaster, so dass die menschliche Fracht auf der Ladefläche des LKW kräftig durchgeschüttelt wurde. Aber was zählten Unbequemlichkeiten? Alle waren froh, den Häschern des Prinzen Preuß XXII. und seiner finsteren Gesellen entwischt und mit dem nackten Leben davongekommen zu sein. Nach nur zwanzig Minuten, die Carla wie eine Ewigkeit vorgekommen waren, kam das Fahrzeug zum Stehen. Die Plane wurde hochgeschlagen und an den helfenden Händen einiger als Begleitschutz mitgefahrener Salafisten glitten die Muslimas,

Trans*menschen und Carla von der Ladefläche. Sie standen vor der eindrucksvollen Fassade eines Wohnhauses. Im Licht der Straßenlaterne wehte eine riesige Fahne vom Giebel: „Smash the Reich – No pasarán!" Vor dem Eingang hatte sich ein kleines Empfangskomitee gebildet, aus dem sich jetzt eine Person in Minirock, Netzstrümpfen und auffallender Oberweite löste, deren hohe Absatzschuhe sie zwei Meter groß erscheinen ließen: „Willkommen liebe Geflüchtete! Unser anarcha-queer-feministisches Wohnprojekt wird euch für die nächste Zeit Schutz bieten. Ihr Süßen, mein Name ist Conny", fügte sie mit ihrem tiefen Bass hinzu, schritt die Gruppe der Ankömmlinge ab und beugte sich siebzehnmal zum Bussi-Bussi herunter. Conny schien so etwas wie die Heimleiterin zu sein, dachte sich Carla, als sie mit ihrem Trupp Überlebender über die Schwelle des Domizils trat. Neugierig wurden sie von den EinwohnerInnen gemustert. Durchweg sich weiblich definierende Personen. Viele mit bunten Haaren und Piercings. Ähnlich adrett gekleidet wie Conny. Eine junge Person, die sich als Marussja vorstellte, zeigte den Schutzsuchenden die Gästezimmer. Carla war sofort die außerordentliche Sauberkeit dieser Einrichtung aufgefallen. Hier könnte man vom Boden essen, dachte sie, als sie sich die Sachen herunterriss und auf das blütenweiße Laken ihres Bettes sank. Durch das Fenster fiel der erste Sonnenstrahl des anbrechenden Morgens. Aber Carla war schon eingeschlafen. Kein Wunder nach den Abenteuern der Flucht.

Wer ist Carla? Während sie schläft, können wir uns endlich mit dieser Frage und den Gründen für die kritische Lage in Teilen des Siedlungsgebietes etwas genauer beschäftigen.

Kapitel 7 --- *Rückblende*

Ein Jahr lang hatte Carla das Haus nicht mehr verlassen und im Home Office gearbeitet. Die Lieferdienste kamen immer spärlicher und mussten dann vollends vor dem rechten Terror auf den Straßen kapitulieren. Die Behörden des Siedlungsgebietes konnten nicht jedem Pizzaboten einen bewaffneten Begleitschutz zur Seite stellen, auch wenn der Nachschub an Sicherheitsfachkräften aus dem Süden zu Land und zur See nicht abriss. Auf allen Meeren kreuzten die Rettungsboote der Regierung, um die in Seenot geratenen Schutzsuchenden aus aller Welt aufzunehmen und umgehend in die hiesigen Sozialsysteme zu integrieren. Carla hatte eine Petition unterschrieben, die sich dafür stark machte, den Hinzukommenden schon vor Grenzübertritt das Wahlrecht und die

Siedlungsgebietsbürgerschaft zu verleihen, um die Auszahlung des Bürgergeldes ohne bürokratische Barrieren umgehend zu gewährleisten. Der Staat hatte gut gewirtschaftet. Es war ein reiches Gebiet, das nun Menschen geschenkt bekam und sich deutlich verändern würde. Carla freute sich darauf. Besonders spannend war, dass die jetzt im Rahmen der kulturellen Vielfalt erarbeiteten Normen offen, konstruktiv und dynamisch sein müssten, denn sie werden durch die eigene Gesellschaft und die Erweiterung dieser durch neue Kulturbezüge modifiziert und weiterentwickelt. Nur wenn wir diesen lebendigen Prozess annehmen können, werden wir eine lebbare Balance finden, war sie sich sicher.

Noch aber beherrschten die durch die rechten Umtriebe verschuldeten profanen Probleme leider auch Carlas Alltag. Irgendwann waren die Vorräte, die sich anfangs bis unter die Decke ihrer 2-Zimmer-Neubauwohnung stapelten, aufgebraucht. Alle paar Tage wurde das Wasser abgestellt. Ebenso blieb die Heizung kalt. Aber das lag an Carla, denn sie litt unter akuter Heizscham. Mitunter fiel der Strom aus, denn die Windräder konnten nicht immer die volle Leistung fahren oder, wie es hieß, vagabundierende Prepper hatten den Saft abgezapft. Die Konserven gingen zur Neige.

Die Müllabfuhr funktionierte sporadisch. Ohnehin schlich sich Carla nur durch das Treppenhaus hinaus, wenn die Luft rein war und die rechten Selbstversorger gerade nicht dort herumlungerten oder den Müll nach noch Essbarem oder Pfandflaschen durchwühlten. Niemand durfte sie sehen. Organisierte Banden klapperten die Blocks ab, wenn sie irgendwo noch Verwertbares vermuteten. Daher hatte Carla ihr Namensschild von der Tür entfernt und einen Zettel aufgehängt: „MieterIn unbekannt verzogen. Wohnung geräumt".

"Stay home, save lives" war das Motto dieses Jahres, das Tag und Nacht in den sehr wenigen Medien getrommelt wurde, zu denen Carla via Fernseher, Radio und Computer noch Zugang hatte. Teile des Internets waren von den Behörden wegen grassierender Hass und Hetze sowie Fake News gesperrt worden, was Carla als staatlich geprüfte Faktenprüferin ausdrücklich begrüßte. Ihre Arbeit konnte sie von ihrem häuslichen Schreibtisch aus problemlos weiterführen. Das gab ihr Halt in diesen schlimmen Zeiten und war ein großes Glück, denn es konnte keine gesellschaftlich wertvollere Tätigkeit geben als die, der Wahrheit zur Verbreitung zu verhelfen und Falschnachrichten als solche zu enttarnen. Das war angesichts der beunruhigenden Lage in Teilen des

Siedlungsgebietes bitter nötig. Es hatte nicht an Informationen gefehlt, sondern an Mut, daraus Konsequenzen zu ziehen. Warnungen hatte es wahrlich genug gegeben. Bereits eine wissenschaftliche Studie der hochangesehenen Klaus-Friedrich-Klebert-Stiftung vor vier Jahren hatte rechtsextreme und demokratiegefährdende Einstellungen im Siedlungsgebiet registriert und das kommende Verhängnis mit beeindruckender seismischer Präzision vorausgesagt. Menschenfeindliche Einstellungen wurden schleichend wieder salonfähig. Extrem rechte Narrative über die multiplen Krisen, vermeintliche Erklärungen und der Irrglaube an einfache Lösungen drangen immer weiter ins Zentrum der Gesellschaft vor und vergifteten es mit menschenverachtendem Gedankengut, das bis hin zur rassistischen Abwertung von bestimmten aus dem Süden einströmenden Gruppen von Ankommenden reichte, deren Würde mit Füßen getreten wurde. Als erstes gerieten einzelne Landstriche im Osten in eine Spirale von Wut, Hass und Gewalt. Es war ein Anstieg politisch motivierter Hasskriminalität um 116,2 % zu verzeichnen. Die Demokratie geriet in Teilen des Siedlungsgebietes aus den Fugen. Das freiheitlich-demokratische Fundament unserer Gesellschaft erodierte. Einen Merksatz aus dieser Studie hatte sich Carla besonders eingeprägt: ‚Die Mitte gebiert Rechtsextreme, sie ist die Adressatin ihrer Propaganda und zentral für ihre Unterstützung.' Die Rattenfänger im Schafspelz drangen in Elternvertretungen von Schulen und Kindergärten, in Sportvereine, Ehrenämter, zum Beispiel als Schöff:innen, in Feuerwehren, in den Natur- oder Katastrophenschutz vor, um gegen die Demokratie und ihre Zivilgesellschaft mobilzumachen. Im Osten wurden erste Reichsbürgerwehren gegründet, die sich durch die Städte und Dörfer bewegten, um Recht und Ordnung selbst in die Hand zu nehmen. Erster trauriger Höhepunkt damals: Demonstrant:innen durchbrachen Absperrgitter und Polizeiketten, um die Treppen zum Reichstag zu stürmen, wo Reichsfahnen geschwungen wurden. Auf ihren Aufmärschen skandierten die Reichsbürger mit wutverzerrten Gesichtern ihre Parolen: „Das Reich ist groß" oder „Tod den Feindes des Reiches!" Eine weitere erschreckende Eskalation war das Auftauchen der ersten sogenannten Reichskleber. Durchgeknallte Fanatiker, die den Weltuntergang prophezeiten, wenn das Reich nicht wiederkehre. Überall auf Straßen und Plätzen klebten diese esoterischen Vollidioten. Kein Wahrzeichen oder Denkmal, keine saubere weiße Wand, die nicht von diesen Narrenhänden mit den Zeichen der Heraufkunft ihres Heiligen Reiches besudelt worden wäre. Als die Reichskleber der „Letzten

Garde" den Flugverkehr lahmlegten, nachdem sie mittels Bolzenschneidern die Zäune überwunden hatten und aufs Rollfeld gelangten, war eine rote Linie überschritten und selbst Carla bereit, die Demokratie auch mit undemokratischen Mitteln gegen ihre Feinde zu verteidigen.

Dass all die bestürzenden Befunde der erwähnten Studie keine Hirngespinste einer verachtenswerten Gruppe von WissenschaftlerInnen waren, die sich für Staatsknete zu Huren der Politik machen ließen, wurde wieder und immer wieder in der Realität bestätigt. Einer der ersten frühen Beweise war der Putschversuch des Prinzen Preuß XXVII., der das Siedlungsgebiet vor Jahren bereits in seinen Grundfesten erschütterte. Eine Gruppe Verschwörer hatte geplant, einen Doppelgänger des Bundespräsidenten des Siedlungsgebietes im Fernsehen auftreten zu lassen: Er sollte verkünden, dass die Regierung abgesetzt sei und die Verfassung des alten Reiches wieder gelte. Nach Erkenntnissen der Ermittler wollte die Gruppe zudem Emissäre per Schiff über das Meer gen Osten schicken und eine fremde Macht um Unterstützung bitten. Es fällt schwer, die Erleichterung und Dankbarkeit in Worte zu fassen, die Carla damals ergriffen, wenn sie an die allseits beliebte und ungemein fähige Innenministerin dachte, die diese Verschwörung persönlich aufdeckte und die Verbrecher hinter Schloss und Riegel brachte. Dort schmorten sie einige Jahre bis sie von einem Einsatzkommando der Reichsbürger befreit wurden und fortan erneut ihr Unwesen trieben. Der „Kampf gegen Rechts" galt als Gründungsmythos des Siedlungsgebietes. Ihm musste alles untergeordnet werden.

Die Katastrophe war wirklich auf allen Ebenen der Gesellschaft mit Händen zu greifen. So verweigerten die Rechten etwa das Einbauen von Wärmepumpen in ihre Häuser und duschten immer noch warm, obwohl das Pingiunsterben in der Arktis bereits begonnen hatte. Allein dies machte Carla betroffen und wütend. Sehr, sehr betroffen und sehr, sehr wütend, um genau zu sein. Denn wir haben diese Erde doch nur geliehen, was die rechten Egoisten aber keinen Deut interessierte. Diese Terrorist:innen machten einfach weiter damit, die Planetin rücksichtslos zu vermüllen und zu verbrennen. Die mit absoluter Rücksichtslosigkeit gepaarte totale Realitätsferne dieser unsäglichen Leute hatte sich doch bereits Jahre zuvor während der großen Seuche gezeigt als sie keine Masken tragen wollten und sich damit äußerlich erkennbar gegen die vernünftige Mehrheit stellten. Selbst die nebenwirkungsfreie Impfung verweigerten sie und stellten damit ihre eigene körperliche Unversehrtheit über das solidarische Narrativ der Regierung. Als diese unverbesserlichen Staatsfeinde dann laut Presseberichten einer nach dem anderen vom Virus dahingerafft wurden, fiel es Carla schwer, so etwas wie Mitleid zu empfinden, hatten sie doch selbst den Tod anderer billigend in Kauf genommen. Es waren Leute, die Bücher auf Parkbänken lasen, verbotenerweise rodelten oder Weihnachten mit der Familie feierten. Es handelte sich, wie eine preisgekrönte Fernsehschaffende postulierte, um den Blinddarm der Gesellschaft, der aus dem Körper derselben herausgeschnitten gehöre. Andere Menschenfreunde sprachen von Schädlingen, die besser nie geboren worden wären und auf die man mit dem Finger zeigen müsse. Auch die nackten Zahlen der unbestechlichen Kriminalitätsstatistik des Siedlungsgebietes wiesen einwandfrei aus, was jeder wusste und tief in seinem Innern spürte: die Gefahr kam von rechts. Wenn zwischen schon länger hier Lebenden und neu hinzugekommenen Schutzsuchenden Gewalt ausbrach, waren erstere die Täter und letztere die Opfer. Das betraf nicht nur Straftaten gegen das Leben, Körperverletzungs- und andere Rohheits- und vor allem Sexualdelikte sowie Sittlichkeitsverbrechen aller Art, sondern vor allem auch die ganz gewöhnliche Straßen- und Alltagskriminalität, die von den Betroffenen in 99% der Fälle ja gar nicht erst gemeldet bzw. zur Anzeige gebracht wurde. Wenn etwa einzelne Ankömmlinge von Rudeln Einheimischer angerempelt, vom Bürgersteig gedrängt und ihnen hämisch ein „Hurensohn!" oder „Schlampe!" hinterhergerufen wurde. Jeder wusste um diese durch Ausländerfeindlichkeit motivierten harten Fakten, weil diese in allen Zeitungen sowie im Rundfunk täglich ausführlich thematisiert wurden. Dennoch besaßen die rechten Täter die unfassbare Unverfrorenheit, auch diese unumstößliche Realität wie alle anderen Realitäten auch schlichtweg zu leugnen.

Eine Erklärung der auf allen Feldern auftretenden abgrundtiefen Dummheit und Abartigkeit war vielleicht, dass die reaktionären Rechten „in Inzucht degenerierten", wie es ein bedeutender Politiker des Siedlungsgebietes treffend formuliert hatte. Sie heirateten fast ausschließlich untereinander, was nicht selten auf das Gehirn schlug und zu aggressiven Zusammenrottungen und Massenschlägereien verfeindeter Familienverbände führte, wenn beispielsweise Herr Schulze nicht das Brautgeld für seine angeheiratete minderjährige Cousine gezahlt hatte. Nicht auszuschließen war, dass damit ein anderes, besonders unappetitliches Phänomen in Verbindung stand, das hier aus Platzgründen nur anhand eins einzelnes Beispiels angedeutet werden kann. Als sich in einem Dorf im Osten ein Unbekannter an einem Großpony verging, wiesen die Aufnahmen der aus gutem Grund flächendeckend aufgestellten Wildtier- und Wärmebildkameras auf einen einschlägig vermuteten Tätertypus hin. Die unverzüglich eingeleitete Rasterfahndung mit Drohnen, Hubschraubern und Spezialfahrzeugen war hier ausnahmsweise erfolgreich. Es handelte sich erwartungsgemäß um einen polizeibekannten 73-jährigen Reichsbürger, der in seinem Keller zudem Schussapparate aus Mausefallen baute. Kein Einzelfall. Als der gerüstete Pensionär von einer Eliteeinheit überwältigt wurde, schockierte er die Einsatzkräfte und die mitgebrachte Presse mit dem Ausruf „Ich köpfe euch alle und fi… eure Mutter." Beim Täter wurde eine paranoide Schizophrenie festgestellt. Während der Taten soll er sich in einem akut psychotischen Zustand befunden haben. Mildernde Umstände gab es hierfür aber nicht, weil es sich um einen Rechten handelte.

In der Regel wurden Nutztiere von der Weide aber nur gestohlen. Der Hammel wurde dann in der häuslichen Badewanne geschlachtet. Gegrillt wurde auf dem Balkon. Oder in städtischen Parks, obwohl das verboten war. Die Rechten beriefen sich dabei auf uralte germanische Traditionen, die auf Arminius den Cherusker zurückgingen, und räumten am Ende nie ihren Müll weg. Was Polizei oder Ordnungsamt sagten, war ihnen egal, weil sie die Gesetze der BRD-GmbH als illegal und damit für sich nicht bindend betrachteten. Ein Problem war auch das des Ladendiebstahls. In großen Gruppen rückten die Selbstverwalter in Kaufhallen ein, räumten ohne zu bezahlen alles ab, was sie gebrauchen konnten und schleppten es in ihre selbstverwalteten Wohngebiete, in denen ihre eigenen Regeln galten und in die sich kein Polizist mehr traute. Angesichts dessen ist es eigentlich überflüssig zu erwähnen, dass dieser Personenkreis auch die Zahnarztpraxen überflutete, um sich die Zähne machen zu lassen, ohne jemals in das solidarische Gesundheitssystem der verhassten BRD-GmbH eingezahlt zu haben. Zu all dem gesellte sich die notorische Übergriffigkeit dieser zumeist alten weißen Männer gegenüber Frauen sowie der ganz normale Alltagsrassismus. Täglich hagelte es Meldungen wie diese: Ein junger ausländischer Tourist wurde von drei Reichsrentnern geschlagen und getreten, weil sie hörten, wie er in seiner Landesprache telefonierte. Danach fuhren sie johlend auf und davon und aus dem Autoradio dröhnte laut Helene-Fischer-Musik. All diese Nachrichten sah Carla. Und das war nur ein sehr kleiner Ausschnitt aus der sich verdüsternden Wirklichkeit.

Die Frage war eben, wo genau man bei der Bekämpfung dieser offenkundigen Missstände ansetzen musste. Hier hatte die Wissenschaft eine klare Antwort: bei der Sprache. Hier fing die Verrohung an, die sich dann über das Denken bis hinein ins Handeln verlängerte und fortpflanzte. Damit wären wir bei Carlas verantwortungsvoller Tätigkeit angekommen. Als Faktenprüferin war sie gleichzeitig auch Sprachwächterin. Sie sah sich selbst – völlig zu recht – als ein Schräubchen im Räderwerk des Guten, das sich gegen das erstarkende Böse drehte.

Über das Intranet ihrer staatlichen Prüfbehörde wurden Carla Texte zugeleitet, die auf Korrektheit und gesellschaftliche Unbedenklichkeit abgeklopft werden mussten, bevor sie in Umlauf gebracht werden durften. Was musste als umstritten gebrandmarkt werden? Was gehörte als Fake News direkt verboten? Was musste wie mit unseren Wahrheitssystemen synchronisiert und verschmolzen werden, damit es wieder stimmte? Mit Begeisterung stürzte Carla sich in die Tagesarbeit, deren Vielfalt ihr gefiel. So wertete sie die Sitzungsprotokolle der Parteien des „Breiten Bündnisses gegen Rechts" (BBgR) aus den Jahren vor und nach dem Virus aus, durchforstete Kinderliteratur nach rassistischen Begriffen wie den berüchtigten N-, Z-

und I-Worten. Carla bekam über ihre Behörde Manuskripte aller Art zwecks *sensitivity reading auf den Tisch,* d. h. zur Empfindlichkeitsprüfung. Bevor etwas in Druck ging, musste es akribisch darauf durchleuchtet werden, ob sich Angehörige einer bestimmten Minderheit und Opfergruppe durch bestimmte dort vorkommende Begrifflichkeiten getriggert, beleidigt oder gar diskriminiert fühlen könnten. Mit besonderem Stolz erfüllte Carla,, dass auch eine so bewährte und über jede Kritik erhabene Einrichtung wie der Ethikrat um ihre Hilfe nachsuchte.

Einen breiten Bereich ihrer Tätigkeit nahm das Internet ein und hier insbesondere die sozialen Medien, die sich zu einer Brutstätte rechten Gedankengutes entwickelt hatten. Carla war an der Ausarbeitung der Gemeinschaftsstandards diverser Plattformen beteiligt. Verstöße dagegen wurden mit nach Schwere des Vergehens gestaffelten Sanktionen belegt. Das begann mit Einschränkungen der Sichtbarkeit und ging über Kontosperrungen und – löschungen bis hin zu Hausdurchsuchungen durch die Polizei. Das Internet war kein rechtsfreier Raum! Was den staatlichen Narrativen zuwiderlief, musste im Sinne der inneren Sicherheit und zum Schutze unserer Demokratie umgehend getilgt werden. Das betraf auch jegliche

Doppeldeutigkeiten und Anspielungen, die sich absichtlich ins Narrengewand der Satire kleideten und besonders gefährliche Einfallsschneisen bösartiger Verschwörungserzählungen bildeten. Dank der immer weiter optimierten Algorithmen der Suchmaschinen funktionierte das Auffinden und Tilgen in Echtzeit! Kaum nutzte der betreffende Schwurbler ein falsches, doppeldeutiges oder umstrittenes Wort, schon war er weg vom Fenster! Text futsch, Konto gelöscht. Da guckten einige Rechte blöd aus ihrer braunblauen Nazi-Wäsche. Hätten sie doch nur Katzenfotos und ihr Essen gepostet. Carla musste manchmal lachen, wenn sie sich das bildlich vorstellte, wie einer dieser Barbaren schwupp-di-wupp per einfachem Klick vom demokratischen Diskurs ausgeschlossen war, den er eben gerade noch mit Falschnachrichten und Hetze vergiften wollte, um sich vielleicht ein paar Rubel von seiner Trollfabrik zu verdienen. Ja, die Regeln und Werte des Siedlungsgebietes, die wir uns gegeben haben, wurden in aller Deutlichkeit gegen Rechts umgesetzt.

Carla sichtete auch die zahlreichen Vorschläge von BürgerInnen bezüglich Umbenennungen von Straßen und Plätzen, die aufgrund verfeinerter historischer Bewertungen in immer kürzer werdenden Abständen vorgenommen werden mussten. Ein besonderes Anliegen war ihr die Ausarbeitung von Anleitungen, die Kunst- und Kulturschaffenden das Leben erleichterten und sie vor dem gecancelt werden schützten. Zu nennen wäre hier insbesondere ihre Mitarbeit an einem Leitfaden für empfohlene Themen für Schriftstellende und sonstig Schreibende und der Erstellung von staatlich zertifizierten Textbausteinen, die unbedenklich verwendet und von den Kreativen sowie von Haltungsjournalisten der Qualitätsmedien auf unterschiedliche Weise miteinander kombiniert werden konnten. Auch war sie an der Entwicklung eines Katalogs beteiligt, in dem täglich aktualisierte Empfehlungen für Distanzierungen von Personen und Inhalten gegeben wurden und der besonders stark nachgefragt wurde. Denn eine verspätete oder gar gänzlich unterbliebene Distanzierung von Rechts konnte für die Betreffenden ernste Folgen zeitigen, da dies als stillschweigendes Einverständnis mit den Feinden unserer Demokratie gedeutet werden musste und in der Regel Nachforschungen seitens der Ämter und nicht selten auch Hausbesuche der staatlichen Antifa nach sich zog. Wer auf Nummer sicher gehen wollte, übte sich in der Kunst der prophylaktischen Distanzierung, das heißt von Inhalten, die noch nicht aktenkundig registriert waren, aber potentiell gedacht werden konnten. Überall kam man, um sich nicht in die Nesseln zu setzen, schwerlich ohne die Kollektive der Faktenchecker aus.

Um es für die weniger gebildeten, da noch produktiv tätigen, d. h. die einfach strukturierten Leser herunterzubrechen, die es bisher immer noch nicht mitbekommen haben: Carla hatte den Durchblick. Sie wusste, was wirklich abging. Sie ließ sich kein X für ein U vormachen. Wenn es so etwas wie das idealtypische Gegenbild eines Leugners und Schwurblers gab, dann war dies ohne Zweifel nur eine – Carla. Die goldene Plakette als „Faktenfüchsin des Jahres 2025" hing in ihrer Küche, wo sie häufig arbeitete. Ihre Katze Mina auf ihren Knien, eine Hand kraulte liebevoll durch das Fell, die andere scrollte sich durch zur Prüfung übermitteltes Textmaterial. Carla war Single. Auch Einzelkind und eine Waise, denn ihre Eltern waren bei einem Autounfall ums Leben gekommen, als sie fünf Jahre alt war. So wuchs sie in einem Kinderheim des Staates auf, den sie immer als einen für sie treusorgenden Vater wahrgenommen hatte, dem sie zum Dank nicht nur verpflichtet war, sondern den sie auch liebte. Carla war jetzt 28. Da sich mit Kapellmeister Rindermann der Inbegriff der toxischen Maskulinität später für sie interessierte, wie wir bereits wissen, steht damit auch fest, dass

Carla nicht hässlich war und eine gute Figur hatte. Einen festen Freund hatte sie dennoch nie gehabt. Um ehrlich zu sein: sie hatte noch nie Intimkontakt mit einem männlich gelesenen Wesen, obwohl sie sich selbst als mutmaßliche Cis-Frau definierte. Dass sie auf Kinder verzichten wollte, um das Klima zu retten, versteht sich von selbst. Wenn die Nacht ihren Schoß öffnete *Das Kind heißt Einsamkeit* und Carla ihre Arbeit an den zu prüfenden Texten kurz unterbrach, was extrem selten vorkam, weinte sie leise in die Zeit bis ihr Traumprinz erschien. Ein Ritter mit leicht gelocktem, mittellangen Haar, der sie mit den Worten ‚Ich liebe dich, verdammt nochmal!' mit seinen starken Armen auf sein weißes Pferd emporhob und mit ihr in eine lichte Zukunft ritt …

Ich weiß nicht, wer du bist

Ich weiß nicht, wie du heißt

Doch ich weiß, dass es dich gibt

Ich warte hier

Stirb nicht vor mir

P. S. Wir waren eigentlich schon indiskret genug, aber in den kurzen Arbeitspausen, die sie sich auch tagsüber gönnte, verfasste Carla gern kurze Spontangedichte, die sie auf Zettel schrieb, die sie überall anheftete. Nicht nur an die Pinnwand in der Küche, sondern auch an die Türen von Kühlschrank und Wohnzimmer. Jedes hatte zehn Zeilen und endete jeweils mit einer Carla wichtigen Kernaussage, die mit einem Ausrufezeichen versehen war. Damit wollte Carla ihre Wohnumgebung mit Sinn füllen und ihr Karma verbessern. Nur zwei Beispiele:

Das Siedlungsgebiet

Die Flagge wehet stolz im Wind

Wir sind des Regenbogen Kind

Schenkst uns Regeln und Gesetze

Schützt uns gegen Hass und Hetze

Leitend Stern am Firmament

Unsere Liebe zu dir brennt

Wer auch immer irgend flieht

Ist hier willkommen im Gebiet

Ob braun ob schwarz - wes' auch Geschlechts

Alle Menschen – nur nicht Rechts!

Vater Staat!

Wer nähret uns sind wir noch klein

Und gibt uns Halt und Schutz

Wer lässt uns niemals nicht allein

Mit all dem rechten Schmutz

Wer hält stets seine Arme offen

Für die Beladenen dieser Welt

Wer lässt sie auf Hilfe hoffen

Und schenkt ihnen Bürgergeld

Wem danken wir die fruchtbar Saat

Nur dir geliebter Vater Staat!

Kapitel 8

Es muss gegen Mittag gewesen sein, da Carla erwachte und aufstand. Auf dem Tisch lag ein Zettel:

‚Der Bademantel hängt im Schrank. Die Duschen und die Sauna befinden sich im Erdgeschoss. Frühstück in der ersten Etage.'

Es war angenehm, sich unter der Dusche den Angstschweiß der letzten Nacht vom Leib zu spülen. Und sie musste das auch nicht allein tun, denn wie von Zauberhand gesellten sich Marussja,

Aishe, Aayana, Delaila, Jasira und Imara, weibliche Wesen, die aus dem südlichen Osten kamen und Unterschlupf in der Hauptstadt des Siedlungsgebietes gefunden hatten und die sich nun im Wechsel an Carla rieben, bis sie hart wurden. Sie war sehr froh, nach dem Alptraum mit den groben Reichsbürgern und Rindermann, die einem primitiven toxischen Männlichkeitskult huldigten und den weiblichen Körper als verfügbares Frischfleisch betrachteten, nun endlich in Sicherheit und unter Frauen zu sein. Nach dem gegenseitigen Abfrottieren warteten ihre neuen Freundinnen beim Frühstück auf Carla. Gefrühstückt wurde im Projekt eigentlich von 6.30-7.00 Uhr. Für die Neuen galt am ersten Tag eine Ausnahme. Um 6.00 Uhr war Wecken. Die Zeiten wurden durch die Hausordnung geregelt, die in jedem Flur und in jedem Zimmer aushing. Gegessen wurde das, was der kleine Garten im Hof des Hinterhauses abwarf. Grundsätzlich Bio-Gemüse und Obst. Kein Fleisch. Alkohol war streng verboten und selbstverständlich galt dies um so mehr für andere Aufputschmittel, wie sie sich beispielsweise die Reichsbürger regelmäßig reingezogen hatten, wie Carla in den paar Tagen ihrer Gefangenschaft beobachtet hatte. Wohl um die Tötungshemmungen gegenüber Andersdenkenden noch vollständiger als ohnehin schon abzubauen. Unendlich friedlicher lief das

Leben im Frauenprojekt ab. Hier waren die Tage wirklich sinnvoll geplant. Dem Frühstück folgte eine Zeit der Besinnung, in der frau meditierend den Klassiker_innen des antifaschistischen Feminismus wahlweise still gedachte oder ihre Schriften studierte, die in der Projektbibliothek in reichem Umfang zur Verfügung standen. Danach ging es über zur gemeinsamen Gartentätigkeit, denn sie waren ein sich selbst versorgendes Kollektiv. Ein täglicher Programmpunkt waren Näh- und andere Handarbeiten. Die gestrickten Schals und Pullover wurden in der Regel an Geflüchtete gespendet, die nach wie vor aus allen Teilen der Welt in die noch freien Distrikte des Siedlungsgebietes strömten und nicht selten aufgrund ihrer Kampferfahrungen gleich in die bewaffneten Bürgerwehren übernommen wurden, die in Parks, Freibädern oder sonstwo Unzucht treibende Rechte aufspürten und auch die gewöhnliche Straßen- und Messerkriminalität eindämmten, in der Rechte statistisch mit 99,9% repräsentiert waren. Wenn sich eine Frau ohne diesen Schutz außer Haus wagte und sei es, um Brötchen bei der Bäcker*in zu holen, fiel sie in aller Regel einem handtaschenraubenden Nazi zum Opfer und/oder wurde ins Gleisbett einer einfahrenden Straßenbahn gestoßen, eine abscheuliche Praxis, die für die Rechten zu einer Art Volkssport geworden zu sein schien. Praktizierende BäckerInnen gab es allerdings kaum noch, denn durch die aufgrund der von den Rechten verschuldeten Wirtschaftslage waren die Strompreise durch die Decke geschossen. Zum Glück waren diese Backenden nicht insolvent. Sie hatten nur aufgehört, Brot zu backen. Das taten die Frauen im Projekthaus in ihrem eigenen Backofen selbst. Das Geld dafür kam durch das Schneidern und Ausbessern der Uniformen für die schwarzafrikanischen und arabischen Bürgerstreifen und Wehren herein. Die Projekt-Nachmittage vergingen mit gegenseitigen spannenden Tantramassagen oder hochwertigen künstlerischen Tätigkeiten wie Vulvenmalerei wie im Fluge. Das gemeinschaftliche Saunieren war ein weiterer Fixpunkt der Tagesordnung, denn es stärkte das Gefühl des solidarischen Miteinanders der Mädchen. Insbesondere waren es Marussja, Delaila, Agnes und weitere Frauen, die das Solidaritätsprinzip im geselligen Miteinander mit Carla erhärteten.

*****

Kurzum, Carla fühlte sich sicher und geborgen im anarcha-queer-feministischen Projekthaus. Kein toxisch männlicher Reichsbürgerfuß würde jemals die Schwelle zu diesem heiligen Refugium der

Weiblichkeit überschreiten. Die Stahltüren waren tausendfach mit Schlössern gesichert und nur über einen Zahlencode zu öffnen, der täglich geändert wurde. Umso mehr war Carla überrascht, als Marussja ihr vorschlug, das Haus zwecks Besuchs einer zwei Querstraßen entfernten Bar kurz zu verlassen. Der entsprechende Ausgangsantrag sei von Chefin Conny bereits schriftlich genehmigt worden. Carla war wirklich nicht wohl bei diesem Gedanken, denn gerade erst war sie doch nur denkbar knapp Rindermann entkommen. Was wäre, wenn er seine Leute in diesen Teil des Siedlungsgebietes entsenden würde, um sie zu entführen?

„Ach Quatsch", meinte Marussja. „Ich bin ja auch noch da!"

In der Tat war ihre neue Freundin sehr kräftig gebaut und hatte alle Gebietsmeisterschaften der Damen im Schwimmen, Gewichtheben und Boxen gewonnen. Also brezelten sich die beiden Mädels auf, warfen sich in sexy Ausgehklamotten und stöckelten los. Carla konnte sich nicht erinnern, wann sie zum letzten Mal eine Bar besucht hatte. Ihre intensive Textarbeit im Home Office hatte ihr nie die Zeit dazu gelassen. Was sie jetzt sah, war ein echter Kulturschock für sie. Die Tanzfläche war brechend voll und auch am Tresen standen die Leute dichtgedrängt. Marussja orderte über die Köpfe

der Gäste hinweg zwei Aperol Spritz. Der klein-
wüchsige Wirt stand auf einem Stuhl und trug eine
schwarze Augenklappe.

„Die Verletzung habe ich mir zugezogen, als mich
beim Joggen Reichsbürger attackierten", rief er der
ihn anstarrenden Carla zu und grinste. Marussja
schob Carla samt ihrem Getränk auf die Tanzfläche und genoss sichtlich die Enge der im Rhyth-
mus der elektronischen Musik zuckenden Leiber.
Obwohl ihr Orte wie diese eigentlich sehr fremd
waren, kamen Carla einige der Partygäste irgendwie bekannt vor. Das musste wohl am Alkohol liegen, der den Blick trübte. Carla hatte seit Jahren
nur Mineralwasser und Saft getrunken. Schon kam
der nächste Aperol. Als Marussja kurz austreten
war, leerte sich auf ein Handzeichen des Wirtes die
Tanzfläche plötzlich.

Mariachis bezogen Stellung. Im Klange der Fideln
begannen nun hochbetagte Damen mit Ponchos
und Sombreros zu tanzen. Das Publikum jubelte.
Aber irgendetwas stimmte hier nicht. Carla erschrak: Das war das Ballett vom Inneren Reichsparteitag. Sie waren also hier! In diesem Moment
spürte Carla plötzlich einen stechenden Schmerz
im Oberarm. Sie drehte sich um. Ein Einbeiniger.
Sie erkannte ihn sofort. Es war der Typ, der im

Schloss des Prinzen in Ekstase seine Beinprothese
auf die Bühne geworfen hatte.

„Da, das ist er", schrie sie in Richtung Türsteher
und flüchtete an den Tresen. Der alte Mann hatte
inzwischen sein zweites Bein abgeschnallt, ein
Holzbein, dass er im Nu per aufgestecktem Messer
zu einer Waffe umfunktionierte. Zum Glück fiel
Carla hier geistesgegenwärtig eine Regel ein, die
einst eine bedeutende Politikerin des Siedlungsgebietes für solche Einzelfälle formuliert hatte: Eine
Armlänge Abstand halten! Carla wich auf diese
empfohlene Distanz zurück, das Holzbeinmesser
rauschte um einen Millimeter an ihrer Halsschlag-
ader vorbei und der jetzt Keinbeinige, der sich mit
einer Hand am Tresen festgeklammert hatte, verlor
durch den Schwung seiner Schlagbewegung das
Gleichgewicht und knallte mit dem Gesicht auf
den steinernen Boden. Carla sah die Blutlache,
konnte sich aber selbst kaum noch auf den Beinen
halten. Ihr war speiübel. Zum Glück waren sofort
von Marussja gerufene afghanische Ortskräfte zur
Stelle. Sie verhafteten den vom Reich entsandten
Attentäter, der die gegen ihn erhobenen Vorwürfe
als infam und hinterfotzig zurückwies, trugen
Carla ins Projekthaus zurück und bestellten umgehend einen Notarzt. Die Untersuchung stellte eine
intramuskuläre Injektion mit einer unklaren

Substanz fest. Eine vorläufige Blutanalyse ergab keine Hinweise auf eine tödliche Vergiftung.

Imara, Aishe, Agnes und all die anderen kümmerten sich rührend um Carla, die sich anfangs immer noch schwach fühlte, aber nach und nach wieder zu Kräften kam. Die meiste Zeit verbrachte ihre beste Freundin Marussja an ihrem Bett, die ihr die Hand hielt und immer wieder liebevoll übers Haar strich. „Warum wollten die Reichsbürger mich töten, wenn ich doch für Rindermann lebendig wertvoller bin?" fragte Carla halb sich selbst und halb ihre Vertraute. ---

„Vielleicht hast du etwas Relevantes gesehen oder gehört, als du in ihrem Lager warst? Bitte denk' doch mal scharf nach", forderte Marussja sie auf. Carla grübelte. Vor ihrem geistigen Auge ließ sie im Zeitraffer den Inneren Reichsparteitag Revue passieren. Dort wurden in der Tat ungeheuerliche Dinge vorgetragen. Insbesondere vom Prinzen und Reichsparteiführer Bert Glöckler.

„Aber nein, das war ja alles mehr oder weniger öffentlich vor tausend Gästen und damit kein Reichsgeheimnis oder etwas in der Art", murmelte sie mehr zu sich selbst. ---

„Du hast mal erwähnt, dass du durch das vergitterte Zellenfenster auf Zehenspitzen stehend

Einblick in das Treiben auf dem Kasernenhof hattest. Hast du da vielleicht etwas mitbekommen, das nicht für dich bestimmt war?" ---

Das Exerzieren, die Fechtübungen. Das pausenlose Hundegebell, die gebrüllten Befehle ...

„War wirklich nix?" unterbrach Marussja ungeduldig Carlas Erinnerungsversuch. ---

„Hm, ok, warte mal ..." In Carlas Kopf arbeitete es fieberhaft. Da gab es doch dieses Gespräch am zweiten Tag, das sie belauscht hatte. Zwei höhere Offiziere hatten sich vor das Fenster gesetzt, um eine Zigarette zu rauchen.

„Sie sprachen von kiloweise Siegelwachs im Turmzimmer des Schlosses. Von astronomischen Fernrohren und einer Sternenkarte des Systems Aldebaran. Und von irgendeiner goldenen Pyramide im Schlosspark. Unweit des Lama-Geheges. Mit Stühlen und Feldbett für die Wachen. An den Wänden kleben angeblich Zettel mit rätselhaften Hieroglyphen. Es ging auch um laminierte 'Verfügungen' des Prinzen, Schriftstücke irgendeiner 'Energie-Anstalt' und zwei kaiserliche Repetierbüchsen, eine Kurzwaffe, zwei Schwerter, drei Armbrüste, ein Luftgewehr, ein Sauspieß und Pfefferspray. Meinst du, das ist irgendwie wichtig?" fragte Carla zweifelnd. ---

„Das ist der Grund, warum die Leute des Prinzen dich umbringen wollen!" rief Marussja. „Sie planen den Umsturz!!"---

Carla stand der Mund offen:

„Hm. Das würde erklären, warum die zwei Offiziere so erregt waren, als sie mich bemerkten. Sie fragten mich brüllend, ob ich Inhalte ihres Gespräches mitbekommen hätte. Falls ja, dann müssten sie mich auf der Stelle erschießen. Als ich log und sagte, nichts gehört zu haben, wirkten sie beruhigt und gingen." ---

„Offenbar haben sie den Vorfall nach deiner Flucht aber doch gemeldet. Nur gut, dass unserer Projekthaus so gut gegen Bullen gesichert ist. Hier kommst auch du nicht rein, Reichsbürger. No pasarán!" rief Marussja lachend und streckte die geballte Faust in die Luft. Carla lächelte gequält. Denn sie selbst war es ja, die Geheimnisträgerin wider Willen, und nicht ihre Freundin, auf die es die Agenten des Reiches abgesehen hatten.

Ablenkung von diesen Gedanken brachten die Hand- und Gartenarbeiten in der Gruppe. Besonders schön war darüber hinaus, dass nun endlich auch der Erkundungsraum eingerichtet war, in dem Kinder ihre Körper und Sexualität entdecken konnten. Conny und Olivia leiteten diesen Zirkel, der sich vom ersten Tag an einer regen Nachfrage der Eltern erfreute, die vor dem Haus Schlange standen, um ihre Sprösslinge den progressiven Gender-ExpertInnen anzuvertrauen. Abgesehen von diesem einen unschönen Zwischenfall in der Bar waren es wunderbare Tage, die Carla im Wohnprojekt verlebte. Friedvoll und in sinnvolle Tätigkeit vertieft. Um ihre Katze Mina wurde sich von einer Bekannten Marussjas gekümmert, da Carla aus Sicherheitsgründen vorerst im Projekthaus bleiben musste.

Ein jähes Ereignis riss sie aus diesem schönen Traum. Ihr gesamtes Leben wurde mit einem Schlag auf den Kopf gestellt ...

STAFFEL ZWEI

Kapitel 9

Jemand hatte ihr einen Zettel unter der Tür durchgeschoben. Carla hob ihn auf, entfaltete ihn mit zittriger Hand und las:

‚Carla, bitte komm' heute um 13 Uhr zum Medikamentenflohmarkt. Er ist ganz in der Nähe. Nimm' den Hinterausgang des Projekthauses. Dann gehst du

zweihundert Meter nach links und biegst dann nach
rechts ab. Du kommst direkt auf den Markt zu. Bitte
stelle sicher, dass dir niemand folgt. Das ist extrem
wichtig! Ich muss dir etwas mitteilen. Bitte, vertrau'
mir!'

X.

Carla war sehr erschrocken. Was hatte das zu bedeuten? Warum diese Geheimniskrämerei? Sollte
sie nicht lieber Conny einweihen und offiziell Ausgang beantragen? Das hätte den Vorteil, dass man
ihr eine tschetschenische Security-Fachkraft zur
Seite stellen könnte, denn zweihundert Meter plus
eine weitere Straße - das war eine verdammt weite
Entfernung. 300 Meter etwa. Genau die Distanz
von ihrer Wohnung bis zum Getränkestützpunkt.
Und wir alle wissen ja, was da draußen an Gefahren lauerte. Nicht nur in dunklen Parks, sondern
auch und erst recht im taghellen Dickicht einer
Großstadt. Es war nur zu gut bekannt, dass aus jedem Hauseingang urplötzlich ein Rechter springen
konnte. Schwupps und schon ist die Handtasche
weg! Nicht selten samt Halterin in einen dunklen
Flur gezerrt, wenn das Opfer nicht sofort losließ,
sondern sich reflexhaft, aber unklug an ihr Eigen-
tum klammerte. Die Folgen konnten gravierend
sein. Das Fernsehen hatte einige Brennpunkte zur
gestiegenen rechten Kriminalität gesendet, die

man trotz aus dem Südland permanent nachsto-
ßender geflüchteter Sicherheitsfachkräfte immer
noch nicht entscheidend eindämmen konnte. Das
waren Carlas Gedanken, während sie den Brief immer wieder las. Andererseits vertraute sie X, der
sie immerhin aus den Klauen der Reichsbürger befreit und damit ihr Leben gerettet hatte, indem er
sein eigenes für sie riskierte. Er musste wirklich
sehr wichtige Informationen haben, denn er war
immerhin Offizier der Reichler und in deren Pla-
nungen eingeweiht.

Carla wollte es riskieren. Sie durfte sich ihre Ner-
vosität nicht anmerken lassen, was leidlich funktionierte. Beim morgendlichen Duschen monierte
Marussja eine bestimmte Verspannung bei Carla,
die beim Frühstück fahrig den Salzstreuer umwarf
und sich beim Uniformnähen in den Finger stach.
Beim Mittagessen ließ sie die Hälfte der Gemüse-
suppe stehen, was ihr fragende Blicke der Mädels
eintrug, von denen die dicke Klaus-Bärbel gierig
den Rest von Carlas Suppe ausschlürfte. Um 12. 30
Uhr begann die traditionelle Andacht. Die Bewoh-
nerInnen zogen sich bis 14 Uhr zu einer Art Mit-
tagsruhe meditierend in ihre Kemenaten zurück.
Viertel vor eins öffnete Carla ihre Zimmertür einen
Spalt. Die Luft war rein. Lautlos auf Zehenspitzen
schlich sie die Treppe hinunter zum hinteren

Ausgang. Er war nicht verschlossen. Sie schlüpfte in ihre Schuhe, schloss die Tür von außen und hatte das Projekthaus damit unbefugt verlassen. Sie konnte sich selbst nicht erklären, woher plötzlich ihr Mut gekommen war. Nie zuvor im Leben hatte sie Regeln überschritten, geschweige denn eine Hausordnung. Sie spürte, dass es irgendwie an X. liegen musste. Sie vertraute ihm und irgendetwas Bedeutsames musste vorgefallen sein, das ein konspiratives Treffen mit ihm unabdingbar machte. Und dass er sich als ranghoher Offizier der Reichsbürger im Siedlungsgebiet nur incognito bewegen konnte, leuchtete ein. Sie war erstaunt, wie unbehelligt sie die ersten zweihundert Meter überbrückte. Jetzt die Querstraße und immer geradeaus. Als sie den Blick hob, sah sie den Markt bereits. Er schien ihr mit jedem ihrer Schritte entgegenzukommen. Schon war sie inmitten der Buden. Es herrschte ein reges Treiben. Um möglichst nicht aufzufallen, mischte sie sich unter die Leute, die mit den Händlern um seit der großen Seuche sehr seltene Medikamente wie Fiebersäfte für Kinder oder Aspirin feilschten. Schuld an diesen Engpässen waren die Rechten. Das war allgemein bekannt. Auch wenn Carla im Moment nicht genau wusste, ob es daran lag, dass Prepper-Clans alles aufgekauft und dem Schwarzmarkt zugeführt oder Reichsbürger die Handelswege aus dem fernen

Osten angegriffen hatten. Wichtig war jetzt nur, dass X sie jeden Moment ansprechen würde und dass sie unbeobachtet im Schutz der anonymen Menge ein paar Worte wechseln mussten. Was würde er ihr mitteilen? Was war so wichtig, dass er am hellichten Tag in diesen für ihn feindlichen Teil der Stadt kam?

„Suchen Sie zufällig Hustensaft, junge Frau?" fragte sie ein Händler grinsend.

Es war merkwürdig. Sie hatte das Gefühl, dieses Gesicht irgendwo schon mal gesehen und die schnarrende Stimme schon mal gehört zu haben.

„Ich habe auch Pflaster. Ganz neu!" ---

„Danke, ich schau' erstmal nur", erwiderte Carla und ging zum nebenan befindlichen Stand. War sie einigen der Kunden schon mal begegnet? Im Getränkestützpunkt? Das konnte nicht sein, der befand sich schließlich in einem anderen Stadtbezirk. Sie spürte einen leichten Stoß im Rücken.

„Oh, Verzeihung die Dame!" ---

Sie drehte sich um. Ein Herr mit hochgeschlagenem Mantelkragen stand vor ihr. Die Wollmütze tief ins Gesicht gezogen. X! Sie sah ihn das erste Mal ohne Uniform.

„Du bist in Gefahr. Du musst noch heute Abend aus dem Wohnprojekt fliehen." ---

„Warum?" flüsterte sie. ---

„Rindermann weiß, wo du bist. Frag' mich nicht, woher. Es ist egal. Er tobt. Er will dich. Kann ohne dich nicht sein. Sie wollen dich heute Mitternacht entführen. Aber ich hol' dich vorher raus. Komm' nach Sonnenuntergang zum Hinterausgang. 20 Uhr. Ich warte da auf dich in einem weißen Lieferwagen und bringe dich an einen sicheren Ort. Hast du alles genau verstanden?" ---

Carla nickte. Mit einem „Schönen Tag noch, junge Frau", wandte X sich um und verschwand in der Menge.

Es dürfte klar sein, dass dieser Schock bei Carla sehr tief saß und ihr das nachmittägliche Vulvenmalen völlig aus dem Ruder lief. Die fiese Klaus-Bärbel sparte nicht mit gehässigen Kommentaren, aber auch Conny äußerte sich kritisch über die Qualität von Carlas Arbeit und kündigte eine gemeinsames Inaugenscheinnahme dieses Organs für heute Abend um 20 Uhr in der Frauensauna an. Um es kurz zu machen. Um diese Uhrzeit stieg Carla in einen hinter dem Haus wartenden weißen Lieferwagen. Ab jetzt war nichts mehr so, wie es bisher gewesen war.

Kapitel 10

X. saß am Steuer und bat Carla, sich auf dem Beifahrersitz abzuducken. Niemand dürfe sie sehen. Schließlich würde sie gesucht. Wer könnte ausschließen, dass das Reich nicht vorab schon Späher gesandt habe, um das Projekthaus und dessen Ausfahrten auszukundschaften? Obwohl Carla Angst hatte, fühlte sie sich bei X. dennoch geborgen. Was sie tat, schien irgendwie richtig zu sein. Das war verrückt, denn sie kannte ihn eigentlich ja kaum. Immerhin war er, obschon Doppelagent, ein Offizier des Reiches. Sie konnte nicht ausschließen, dass ein Teil seiner Persönlichkeit wirklich rechts war. Dass rechtes Gedankengut in ihn eingedrungen war und sich, wenngleich vielleicht auch nur in kaum messbaren Spurenelementen, in ihm abgelagert hatte. Diese Vorstellung war einfach unbeschreiblich furchtbar und zerriss ihr das Herz. Sie kannte Rechte bisher nur aus dem Fernsehen, wo rund um die Uhr in Sondersendungen von deren Untaten berichtet wurde und von der Gefahr der Machtergreifung der Reichsbürger, die ausgerechnet während der großen Seuche ihren ersten Angriff auf das Parlament des Siedlungsgebietes unternommen hatten, um die Demokratie auszuhebeln. Ihr erster Realkontakt mit Rechten war jener auf dem Weg von ihrer Wohnung zum Getränkestützpunkt gewesen. Der zweite die Verhaftung durch die Patrouille.

„Mach' dir keine Sorgen. Alles wird gut," sagte X., als ob er ihre Gedanken lesen konnte. „Wir müssen nur eine gewisse Zeit untertauchen, bis ich dir die Dinge erklärt, äh, ich meine, die Dinge sich geklärt haben."

Der Lieferwagen glitt gleichmäßig ruhig dahin auf den Straßen der Hauptstadt. Es herrschte erstaunlich wenig, fast gar kein Verkehr. Auch Carla hatte sich beruhigt. Abgeduckt blickte sie hoch durch das Seitenfenster in den Sternenhimmel, der sich über den Hochhäusern abzeichnete. Es war Vollmond. Schlimmer, als Rindermann in die Hände zu fallen, konnte es ohnehin nicht kommen.

Plötzlich wurde X unruhig. Seine rechte Hand wühlte nervös herum, während seine linke das Lenkrad hielt.

„Was ist los?" ---

„Mist, wir werden verfolgt!" brüllte X und zog etwas aus dem Handschuhfach. Eine Waffe! Carla wurde kreidebleich und zitterte.

„Kannst du damit umgehen?" fragte X.

„Nein!" rief Carla und schüttelte heftig den Kopf.

„Dir bleibt wahrscheinlich keine andere Wahl. Du kriegst das hin."

X versuchte, möglichst ruhig zu wirken.

„Schau' mal vorsichtig in den Rückspiegel, aber bleib' dabei unbedingt in Deckung. Was siehst du?" ---

„Ein großes silbernes Auto", berichtete Carla. „Es trägt das blaue Reichswappen mit dem geschwungenen roten Pfeil und zwei blaue Fahnen an den Seiten." ---

„Hm. Eine offizielle Reichskarosse. Ich versuche, sie irgendwie abzuhängen. Es wird aber sehr schwierig."

X drückte das Gaspedal durch und bretterte bei Rot über die Kreuzung. Ihr Lieferwagen vibrierte. Es klang, als würde er jeden Moment zerbrechen. Carla spürte die Fliehkräfte, als X das Steuer herumriss. Der Wagen flog jetzt durch eine Nebenstraße. Immer weiter, weiter - geradeaus. Dann scharf links und die nächste rechts.

„Weiß nicht, ob das gereicht hat", keuchte X und wischte sich den Schweiß von der Stirn. Er stoppte das morsche Vehikel und gab ihr die Pistole. „An diesem Hebel ziehen und entsichern. Das hier ist der Abzug. Langsam durchdrücken. Ruhig atmen und auf die Reifen zielen."

X kurbelte das Fenster auf der Beifahrerseite runter. Carla riskierte einen kurzen Blick. Da sah sie schon die blauen Fahnen und dann das ganze Gefährt in ihre Straße einbiegen.

„Wir können ihnen nicht entkommen", sagte X. „Sie nutzen Reichstechnologie. Wir haben nur eine Chance: Wenn sie direkt neben uns sind, musst du ihre Reifen zerschießen."

Carla nickte. X fuhr los. Die Verfolger kamen näher und näher und waren nun neben ihnen.

„Jetzt!!" brüllte X und riss die Seitentür auf. Carla schnellte heraus, vom Sicherheitsgurt und der rechten Hand von X gehalten. Sie sah am Steuer der Karosse den Gardekürassier und dahinter Rindermann mit roter Hahnenkammfrisur, wie er schmutzig grinste und eines dieser feuerspeienden Geräte seiner Bühnenshows auf sie richtete. Carla zielte auf den Vorderreifen, betätigte den Abzug und feuerte kreischend das gesamte Magazin ab.

X zog sie in den Wagen zurück.

„Du warst phantastisch! Es hat funktioniert. Die weniger gute Nachricht ist, dass wir in einer Sackgasse gelandet sind. Wir müssen in dieser Straße zurückfahren. Zu Fuß weiterzugehen, wäre zu gefährlich, denn auch sie sind jetzt zu Fuß unterwegs."

X wendete den Wagen und fuhr im Schritttempo in die Gegenrichtung.

„Und wenn sie uns jetzt entgegenkommen?" fragte Carla. ---

„Dann drücke ich das Gaspedal durch und wir fahren sie einfach über den Haufen."

Jetzt kam der Ort ihres ersten Gefechtes in Sichtweite. X stoppte den Wagen. Was Carla hundert Meter vor sich sah, ließ ihren Atem stocken. Aus der am Straßenrand stehenden Reichskarosse fuhr ein Greifarm, der einen Kampfrollstuhl auf dem Mittelstreifen abstellte. In dem saß in schimmernder Wehr der Gardekürassier und richtete die integrierten Bordkanonen. Parallel klappte das Fahrgestell eines Beiwagen-Rollators aus, aus dem jetzt Blitze zuckten. Rindermann schoss sich ein. Carlas fragende Blicke suchten X, der in diesem Moment vor ihrem Wagen stand und mit einem Hammer die Windschutzscheibe zertrümmerte. –

„Setz' dich ans Steuer, du fährst jetzt! Vertrau' mir! Ich habe noch ein Ass im Ärmel!"

Carla rutschte auf den Fahrersitz rüber und X setzte sich neben sie, er hatte eine größere Waffe aus dem Laderaum geholt.

„Gib' Vollgas!" schrie er. Der Lieferwagen bäumte sich auf und preschte voran. Aus der Gegenrichtung setzte sich inmitten der nächtlichen Häuserschluchten die rollende Elite-Kavallerie des Reiches in Bewegung. Carla sah den wehenden Federbusch des Kürassiers und den feuerspeienden Hahnenkamm auf sich zurasen, aber sie blieb auf dem Gas. X zog zuerst. Sein Flammenwerfer erwischte das feindliche Gefährt, das mit einem lauten Knall explodierte.

„Jaaa!" schrie Carla, als sie am Feuerball vorbeisteuerte und spürte das Adrenalin in ihren Adern kochen. Nach einigen hundert Metern fuhr sie rechts ran und überließ wieder X das Steuer. Der kurvte noch eine Weile durch die Stadt, um auch wirklich sicher zu sein, dass sich nicht neue Verfolger eingestellt hatten, nachdem die zwei gefährlichsten ausgeschaltet waren.

„Das war knapp", sagte X, nachdem sie eine Weile geschwiegen und das soeben Erlebte verarbeitet hatten. ---

„Jemand im Projekthaus muss mich am Hinterausgang gesehen und an die Reichsbürger verraten haben", entgegnete Carla. „Vielleicht war es die fette Klaus-Bärbel, denn die konnte mich von Anfang an nicht leiden."

Nach etwa einer Stunde hatten sie ihr Ziel nach tausend Haken und Umwegen erreicht. Carla sah, dass sie vor einem Garagentor standen. X. öffnete es mit einer Fernbedienung und sie rollten hinein.

Kapitel 11

„So, da wären wir", sagte X, als der Wagen zum Stehen gekommen war. Carla guckte ihn fragend an. „Warte, ich zeigs dir." Nachdem sie ausgestiegen waren, ging X zu einem an der Garagenwand befindlichen Werkzeugregal, schob einige Utensilien und Putzlappen beiseite und betätigte einen dahinter versteckten Hebel. Eine Luke am Boden öffnete sich und gab den Blick auf eine Treppe frei, die hinunter führte. Nach einem langen Gang führte eine weitere Treppe hinauf zu einer geheimen Wohnung. Zwei Zimmer mit kleinem Bad und Küche. Das Wohnzimmer war quasi eine Bibliothek. Die Wände waren mit Regalen voller Bücher bedeckt, die von der Decke bis zum Boden reichten.

„Damit dir nicht langweilig wird", meinte X mit einer Handbewegung. „Ein paar Tage wirst du hier untertauchen müssen, bis die Bedrohungslage sich beruhigt hat und wir klarer sehen." Carla nickte stumm und griff nach einem dicken Buch. ‚Deutschland. Fluch und Segen. Meine Liebe kann ich dir jetzt geben. Die Wende 2025-26.' Also gibt es hier auch dystopische Literatur, dachte Carla bei sich und blätterte in dem Werk, das mutmaßlich im Genre ‚Alternative Geschichtsschreibung' anzusiedeln war. Das D-Wort galt im Siedlungsgebiet als umstritten. Sie blätterte gewohnheitsgemäß auf Seite 3 vor. Bingo! Es fehlten die Warnhinweise! Carla bemerkte, wie X sie aufmerksam beobachtete, so als wollte er ihre Reaktion beim Betrachten der Bücher testen. In der einen Hand hielt er eine Flasche Rotwein, in der anderen den Korkenzieher.

„Willst du?" — „Ja." --- Plopp. Sie setzten sich auf das In der Mitte des Raumes befindliche bequeme Sofa. Carla trank eigentlich nie Alkohol. Die zwei Aperol Spritz mit Marussja in der Bar waren eine Ausnahme gewesen. Beim Redigieren der ihr zugesandten Schriftsätze brauchte sie einen klaren Kopf. Unkonzentriertheiten konnte sie sich in ihrem Beruf nicht leisten, denn zu leicht konnten Prüfern wie ihr ansonsten deutungsoffene Begrifflichkeiten oder Altsprech durchrutschen, sich ins öffentliche Bewusstsein einspeisen, sich im Denken und Sprechen der Bürger verhärten, diese den rechten Rattenfängern zutreiben und irreparablen gesellschaftlichen Schaden anrichten.

„Auf deine Rettung!" unterbrach X diesen Gedankengang und hob das Glas, das nun klirrend an Carlas stieß. Sie hatte extrem viel durchgemacht in der letzten Zeit. Erst der Überfall im Park durch die rechten Selbstversorger, dann die Verhaftung durch die Patrouille der Reichsbürger. Die Tage im Gefängnis. Die Begegnungen der unheimlichen Art mit Glöckler und Rindermann. Die nächtliche Flucht ins anarcha-queer-feministische Wohnprojekt - aber selbst dorthin reichte der lange Arm der Verfolger, deren heißen Atem sie stets im Nacken spürte, bis sie vor ihren Augen in einem Feuerball verglühten.

Nun saß sie hier irgendwo unter der Erde in einer geheimen Bibliothek mit einem Mann, dem sie aus rätselhaften Gründen von Anfang an vertraute. Obwohl sie ihn eigentlich nicht kannte. Ein dekorierter Offizier des verhassten Reiches und sie – eine staatlich geprüfte und mehrfach ausgezeichnete Faktenfüchsin des Siedlungsgebietes. Gemütlich auf einem Ledersofa bei einem Glas Wein. Das erschien ihr von allen verrückten Erlebnissen das mit Abstand unwahrscheinlichste und verrückteste zu sein. Sie merkte die Wirkung des Weines langsam in ihr aufsteigen und ihre Zunge begann sich zu lösen. „Wie heißt du eigentlich wirklich?" –

„Du kannst mich erstmal ruhig weiter X nennen. Es gefällt mir", sagte X lächelnd. ---

„Wie alt bist du, X?" ---

„Dreiunddreißig."

Erstmals besah sie ihn sich genauer. Das leicht gelockte, mittellange Haar, die fein geschnittenen Gesichtszüge, die ihm etwas Erhabenes verliehen. Er war auf dem Dorf aufgewachsen. Sein Vater war Bauhandwerker, also Zimmermann. Die Mutter Hausfrau. Auch X hatte erst den Beruf seines Vaters erlernt, dann auf der Balz aber festgestellt, dass er gut frei sprechen und Leute überzeugen konnte. So hatte er einige Semester Geschwätzwissenschaften studiert, wie er es lächelnd nannte und ihr ein Stirnrunzeln entlockte, denn sie wusste, dass diese Begrifflichkeit von Leugnern abwertend verwendet wurde. Nebenher hatte er sich einige Groschen als Komparse beim Film dazuverdient. Der Frage, wie es ihn zu den Reichsbürgern verschlagen hatte, wich er aus und stellte stattdessen die Gegenfrage nach dem Werdegang von Carla, den sie ihm bereitwillig und nicht ohne Stolz schilderte. Sie redete inzwischen wie ein Wasserfall und X schenkte ihr schon das dritte Glas Wein ein. Er war sichtlich an ihren Erläuterungen interessiert und stellte gute Zwischenfragen zu ihrer Tätigkeit als Faktencheckerin für das Textsicherungshauptamt des Kultusministeriums. Er fragte nach ihrer Motivation und ob sie bei dieser zweifellos wichtigen Arbeit nie unter *Burnout* oder gar Selbstzweifeln gelitten hätte. „Nein, nie!" rief Carla aus und erläuterte ihm, der sichtlich klug war, aber keinen den ihrigen vergleichbaren hohen Bildungsabschluss vorzuweisen hatte, Sinn und gesellschaftlichen Wert ihrer wissenschaftlichen Textprüfungen. Mit großer Leidenschaft schilderte sie, wie sich Jahr für Jahr mit der Unerbittlichkeit eines gleichmäßig arbeitenden Mahlwerkes der Rechtsextremismus in die Mitte der Gesellschaft vorgefressen hatte und wie die Kollektive der Faktenprüfer als Avantgarde der wirklichkeitsbasierten Vernunft gegen diese Geißel des Siedlungsgebietes, ja, der gesamten Menschheit, zu Felde zogen. Kämpfer für die Wahrheit und gegen die Leugnung derselben. Sie spürte, während sie sprach, wie wichtig es ihr war, X von der Relevanz ihrer progressiven Anliegen zu überzeugen, denn obwohl ihr vieles an ihm rätselhaft geblieben war, stand doch eines fest: Auf irgendeine Weise war er in die Fänge der Rechten geraten und für deren Irrlehren, Phantastereien und Hirngespinste empfänglich. Sie musste ihn in dieser geheimnisvollen Kellerwohnung vom Guten überzeugen und seine sich offenbar im inneren Widerstreit befindliche Seele den Teufeln des Bösen entreißen und auf die Seite des Lichts zerren.

X hatte ihr die ganze Zeit aufmerksam zugehört. Das war ein gutes Zeichen. Ab und zu streute er ein „Aha", „Achso" oder ein „Interessant" ein und nippte an seinem Glas. Er sagte, er müsse um Mitternacht wieder in der Kaserne sein, um keinen Verdacht zu erregen. Bestimmt hätten Rindermanns Leute sie bereits zur reichsinternen Fahndung ausgeschrieben. Außerdem würden sie bald nach ihrem Chef und dem Gardekürassier suchen. Hier in der Wohnung sei sie aber sicher. In den Schränken sowie in Küche und Bad fände sie alles, was sie brauche. Er sei morgen gegen Mittag wieder da. Es gäbe so einiges, was sie noch nicht wüsste, da sie ja das gesamte letzte Jahr und wohl auch vorher schon in einer Blase gelebt hätte. Mit diesen Worten erhob er sich, sagte „Tschüss bis morgen" und ging.

Bei aller Sympathie angesichts der Wahnsinnserlebnisse dieser Nacht hatte der letzte Satz von X Carla doch sehr geärgert. Sie schlug vor Wut mit der flachen Hand auf das Sofakissen. Es war doch klar, dass es Menschen wie X waren, die sich von der Gesellschaft abgewandt hatten. Sie waren es, die in einer Art parallelen selbstgeschaffenen Gegenwelt lebten. In hermetisch abgeschlossenen Räumen, in sogenannten Blasen, in denen sie sich untereinander selbstreferentiell im Kreise drehten, sich gegenseitig bestätigten und auf diese Weise immer tiefer im selbstverschuldeten Morast der Desinformation und Verschwörungstheorien versanken. Carla wusste genau, was hier zu tun war, wo man ansetzen konnte, um diese Verirrten auf den guten Pfad zurückzuholen. Sie wühlte jetzt hektisch in ihrer Handtasche. War er noch da, ihr kleiner Notizblock? Ja, zum Glück! Die primitiven Reichsbürger hatten ihre persönlichen Sachen nur oberflächlich gefilzt. Hier hatte sie die wichtigsten Grundsätze des *Fact Checking* notiert und immer griffbereit. Sie würde sich das jetzt nochmal anschauen und könnte X morgen mit einem Impulsvortrag überzeugen. Ihr Herz klopfte bei dem Gedanken, dass sie ihn erst ins Grübeln und dann zur Einsicht bringen konnte. Er war ihr nicht egal. Sie mochte ihn. So verrückt es sich auch für sie anfühlte. „Medienkompetenz stärken", „Tools zur Verfügung stellen" und immer wieder „Kontext geben". Ja, das war es: Kontext geben. Sie strich sich diesen Punkt an und kreiste ihn mit einem roten Filzstift, den sie im Nachtschrank fand, dreimal ein und fügte noch vier Ausrufezeichen hinzu! X hatte zwar nicht ihren Bildungsstand, aber sein Hausverstand schien ja intakt. Irgendwann würde er unter dem Druck ihrer Argumente zusammenbrechen und ihr recht geben. Carla stellte sich vor, wie sie zusammen bei „Schwanz" auftraten. Einer Sendung, die der geistigen Elite des Siedlungsgebietes vorbehalten war. Bei X würden sie eine Ausnahme machen, denn immerhin hatte er eine Faktenfüchsin aus einem Gefängnis der Reichsbürger befreit. Sie würden von ihrer Flucht erzählen und auch das große Opfer erwähnen, das Abdelkarim gebracht hatte. Die Zeit im Projekthaus, die erneute Flucht im weißen Lieferwagen. Der nächtliche Kampf, den sie siegreich bestritten hatten. Es gab Aussteiger- und Zeugenschutzprogramme. X könnte in den Schoß der Gemeinschaft zurückkehren und ein normales Leben führen. Vielleicht ja mit … ihr? Carla erschrak bei diesem Gedanken, der nur ganz leicht ihr Unterbewusstsein streifte …

Kapitel 12

Als die von den Aufregungen der Nacht erschöpfte Carla nachmittags erwachte, war X längst da und hatte auf dem Couchtisch der Bibliothek ein sehr spätes Frühstück aufgebaut. Frische Brötchen. Es duftete nach Kaffee. In der Tat würde nach ihr gesucht, erzählte er. Auf ihn sei kein Verdacht gefallen und er habe Sorge getragen, dass ihm auf dem Weg zur Wohnung niemand gefolgt sei. Sie sprachen über die vergangene Nacht und dann über die Lage im Siedlungsgebiet. Schnell wurde es Abend. X öffnete eine Flasche Wein.

Carla bedauerte, dass es hier keinen Fernseher oder Computer gab; ihr Mobiltelefon, in dem nur die Nummer der Textprüfbehörde gespeichert war, da Carla mit sonst niemandem Kontakt hatte, hatten die Reichsbürger konfisziert. Der Funk des Siedlungsgebietes verbreite doch ohnehin nur Lügen, sagte X plötzlich. Er allein könne ihr viel mehr über die Realität berichten, von der sie keinen blassen Schimmer habe. Carla stutzte kurz und dann lachte sie schallend:

„Hey! Unser gemeinsamer, freier Rundfunk lügt also? Das behauptet ihr Rechten ja permanent. Es war klar, dass du irgendwann mit dieser kruden These um die Ecke kommst." ---

„Es sind nicht nur Lügen. Vor allem ist es *Framing*, wie ihr es in euren internen Leitfäden selber nennt und beschreibt. Ihr rahmt die Begrifflichkeiten auf bestimmte Weise ein, gebt ihnen eine Färbung, um die Empfänger dieser Propaganda in gewünschte Sprech- und Denkkorridore zu lenken." ---

Carla hob erstaunt die Brauen. Sie merkte, dass sie X lieber nicht unterschätzen sollte. Er benutzte Fachbegriffe und schien somit über das gemeine Alltagswissen handelsüblicher Rechter hinaus zu sein, die ihre mundane Weltsicht auf der Aneinanderreihung anekdotischer Evidenzen gründeten. Seine zumindest rudimentären theoretischen Grundkenntnisse ließen ihn Carla spontan im Milieu der sogenannten Neuen Rechten verorten, die einen besonderen Gefährlichkeitsgrad aufwiesen, weil sie andere mit ihrem Halbwissen beeindruckten und aufwiegelten.

„Was ist daran schlecht?" fragte Carla nach einer kurzen Pause. „Damit werden die Menschen sanft in eine bestimmte Handlungsrichtung gestupst. Es ist nur zu ihrem eigenen Vorteil und kommt der gesamten Gesellschaft zugute. Ja, der gesamten Menschheit! Im Falle des Klimas könnte das die Erde vor dem ansonsten sicheren Hitzetod bewahren, wenn jeder sein Verhalten ein wenig ändert. Unsere Narrative sind von der Wissenschaft gedeckt und einer permanenten Kontrolle unterworfen. Auf Veränderungen der Realität können wir flexibel reagieren. Das ist in unseren Modellierungen schon eingepreist. " ---

X beharrte: „Es sind Manipulationstechniken. Wer euer Neusprech verwendet, übernimmt euer

Denken. Wer keine eigene Sprache mehr hat, ist nicht in der Lage, Kritik an den herrschenden Zuständen auch nur zu denken. Geschweige denn, sie verbal auszudrücken. Denken ist an Sprache gekoppelt. Sprache ist das Atom der Macht. Sie zu designen, ist das Merkmal totalitärer politischer Systeme. Verbotene Worte, geforderte Begriffe, Streichung von Namen, künstliche Wortschöpfungen. Mantraartig wiederholte Wahrheiten sollen sich einschleifen und das Denken verändern. Ihr seid die Nazis. Nicht wir."

Das war hart. Carla schnappte nach dieser unerwarteten Ansprache nach Luft.

„False Balance!" rief sie. „Sollen wir denn Hass und Hetze einfach so stehen lassen und warten, bis die dadurch aufgestachelten Menschen da draußen sich die Schädel einschlagen?" ---

„Wer legt denn fest, was Hass und Hetze überhaupt ist? Ihr selbsternannte Wahrheitspriester, Sinnstifter und Sprachwächter maßt euch das an. Wer nicht tickt wie ihr, den betrachtet ihr als rechts oder Nazi. Ihr habt eine dichotomische Weltsicht. Ihr führt lächerlicherweise stets die Vielfalt im Munde, aber was ihr praktiziert, ist schnöde Binarität. Für euch gibt es nur Gut und Böse, Plus und Minus, Null und Eins, Schwarz und Weiß. Keine

Zwischentöne. Dass die Wahrheit immer zwischen den Polen im Graubereich liegt, in der komplexen Widersprüchlichkeit sich verändernder, überlappender und logisch durchkreuzender Realitäten, das könnt ihr nicht ansatzweise erfassen. Von der Dialektik des Lebens habt ihr null Ahnung." ---

„Ha, ausgerechnet du als Rechter nimmst das Wort ‚Wahrheit' in den Mund? Wo ihr doch rund um die Uhr Verschwörungserzählungen und Fake News verbreitet? Sprich' nicht in Rätseln! Wo steckt sie denn nun genau, eure Wahrheit?" ---

X überlegte:

„Die Wahrheit, wenn es sie gäbe, hätte die Angewohnheit, sich nur dem ernsthaft ewig Suchenden flüchtig und schemenhaft in den Zwischenräumen des Seins zu präsentieren und sich niemals erhaschen zu lassen", erwiderte er nachdenklich und fügte mit spöttischem Unterton hinzu: „Und ihr albernen Faktenchecker glaubt allen Ernstes, dieses flüchtige und edle Wild, das sich euch noch nie gezeigt hat, für euch gepachtet zu haben. Ihr wollt ihm Zaumzeug anlegen und es in eure starren Begriffskäfige sperren. Dort stellt ihr aber bizarre Schimären aus und wer diesen absurden Zoo ablehnt oder auch nur in Frage stellt, der wird sanktioniert."

Carla schüttelte ungläubig den Kopf:

„Du glaubst an etwas, das sich nur flüchtig in irgendwelchen Zwischenräumen oder gar nicht zeigt, während wir die Wissenschaft auf unserer Seite haben?!" ---

X fuhr fort: „Die sogenannte Wissenschaft ist eure Bibel. Die reine Lehre. Ihr seid keinen Deut besser als die Inquisition im Mittelalter. Früher habt ihr Hexen auf Scheiterhaufen verbrannt, heute sind es Andersdenkende und falsch Sprechende. Euer Reflex darauf ist Zensur und Stigmatisierung. Der offene Meinungsstreit ist euch ein Gräuel. Ihr verschanzt euch aus Angst vor Widerspruch, dem ihr nicht mit Sachargumenten begegnen könnt, weil ihr keine habt, in Räumen diskursiver Immunität. In Blasen und Elfenbeintürmen. Ohne Kontakt zur Realität. Ohne jegliche Erdung. Ihr habt nicht den Mut, euch eures eigenen Verstandes zu bedienen, der vollkommen verkümmert ist, weil ihr vor lauter politischer Korrektheit gar nicht mehr zu eurem eigenen, schärferen Bewusstsein vordringt. Das Zeitalter der Aufklärung ist komplett an euch vorübergegangen. Das ist ein Verrat am hehren geistigen Erbe der Menschheit. Schämt euch!"

„Krude Theorien! Bist du fertig?" schrie Carla.

„Nein, noch lange nicht", erwiderte X, blieb sehr ruhig und während er weitersprach, schaute er Carla an, als ob er die Wirkung seiner Worte auf sie genau studieren wollte. „Ihr treibt es noch tausendmal schlimmer als die damaligen Verbrecher im Mittelalter, weil ihr die Sprache mit den Mitteln der heutigen Technik noch viel gründlicher nach ketzerischen Inhalten und Worten durchforstet, ihr jegliches Leben aussaugt und sie steril und zur Maschinensprache macht. Ihr setzt spezielle Algorithmen und neuerdings Künstliche Intelligenz dafür ein. Bereits Heidegger, dem ihr natürlich das Brandmal des Rechten aufgedrückt habt, hat die Einformung des Menschen in die Apparatur antizipiert. Ihr habt auch diesen dystopischen Wahnsinn Wirklichkeit werden lassen und wollt es immer weiter treiben. Ihr seid Sklaven, ja, seelenlose Anhängsel der Technik. Mit der digitalen Operationalisierung der Sprache tilgt ihr alles Ungefähre und Mehrdeutige. Alles Schöne. Die Literatur und jegliche Kunst stirbt an eurer elenden Verfloskelung der Welt. Texte sollen nur noch aus vorgefertigten, miteinander kombinierbaren und narrativkompatiblen Bausteinen bestehen. Ein Teufelskreis der Selbstreferenzialität, der alles Neue, Unkonventionelle, Individuelle als Abweichung von eurer Norm versteht und damit unter Verdacht stellt. Euer Konservensprech soll zur allgemeinen Praxis werden. Synaptisch in den Gehirnen der programmierten Empfänger verdrahtet. Ihr seht die Ameisifizierung des Menschen als Fortschritt. Euer Ziel ist die uniforme Anpassung an die Gruppe statt wirklicher Erkenntnisgewinn, statt Individualisierung und Differenzierung. Wir sehen das als entsetzlichen Rückschritt der Evolution, als absoluten Horror und als Angriff auf die Spezies Mensch. Was seid ihr Faktenprüfer bloß für ein erbärmliches, indoktriniertes und menschenverachtendes Gesindel. Ihr wollt den Menschen abschaffen und in ein dressiertes Insekt verwandeln, wie ihr selbst längst schon eines seid. Wir werden das niemals zulassen und euch das Handwerk legen. Das ist unsere Kriegserklärung an euch! Die Sprache ist unser Schlachtfeld, auf dem wir jeden einzelnen Begriff bis aufs Blut verteidigen. Sie ist die große Trennlinie zwischen der gerade neu sich herausbildenden, regredierenden Spezies des sprachkonformen Schwarminsektes, das sich den von seinen Ameisen- oder Bienenköniginnen und der KI entwickelten Sprach- und damit Denkalgorithmen unterwirft und den Menschen der Aufklärung, die wir uns, die ihr Rechte nennt, unsere Individualität und Unabhängigkeit bis in den Arkanbereich der Sprache hinein bewahren und uns untereinander an der Sprache erkennen. Nochmal: Wach' auf! Habe den Mut, dich deines eigenen Verstandes und deiner eigenen Sprache zu bedienen, falls du noch Restbestände davon in dir findest!"

Aus den Gedanken fällt ein Wort

Die Zunge sorgt für Worttransport

Nazis? Inquisition? Verbrecher? Neue Spezies? Carla war knallrot angelaufen. Quatsch! Lügen! Fehlender Kontext! Sie warf ihm wie wild das komplette Argumentationsbesteck an den Kopf, mit dem man sie über die Jahre in den Seminaren für *Fact Checking* ausgebildet hatte.

Als Carla sah, dass X all das nicht zu beeindrucken schien und er so unfassbar ruhig blieb, verlor sie vollends die Fassung. Wie von Sinnen stürzte sie sich auf X und wollte mit ihren Fäusten auf ihn eintrommeln. Der bekam sie gerade noch zu packen und hielt das auf ihn zu rasende Wutknäuel an den Armen fest. Ihr Gesicht war jetzt ganz nah vor seinem. Carla hatte keine Kontrolle mehr über sich. Wut und Verlangen vermischten sich und ihre Lippen dockten fest auf den seinigen auf. Beiderseitige Verwirrung nach dem Abdocken. Sie schauten sich an:

„Danke, dass du mich bei den Reichsbürgern rausgeholt hast", sagte Carla leise, als sie wieder zu sich gekommen war. ---

„Ich muss jetzt gehen", sagte X. „Bis morgen. Wir haben noch einiges an Arbeit vor uns."

Er lächelte, stand auf, drehte sich im Türrahmen nochmal um, winkte ihr zu und verschwand.

Kapitel 13

Viele Stunden hatten sie diskutiert und erbittert gestritten. Es war jetzt spät am Abend. Die Sonne war längst untergegangen. Carla lag auf dem Sofa, blätterte immer wieder in ihrem Notizbuch und versuchte zu rekapitulieren, was X ihr an ungeheuerlichen Dingen an den Kopf geworfen hatte. Alles kreiste in ihr. Sie hatte das Gefühl als kreiste auch sie selbst und alles um sie herum im Universum. Wer war X wirklich? Was er ihr beschrieben hatte, war im Kern nichts anderes als eine völlig andere Sicht auf die Dinge. Eine alternative Realität. Ein Paralleluniversum. Die Rechten waren offenbar noch durchtriebener und gefährlicher als selbst sie auf der Basis der vorliegenden wissenschaftlichen Forschungen immer gewusst hatte. Das hier war nichts anderes als Psychoterror, ja, Gehirnwäsche. Zumal er es auch noch geschafft hatte, dass sie Gefühle für ihn entwickelte. Warum tat er ihr all das an, nachdem er sie doch vor den Häschern des Reiches beschützt hatte?? Das alles ergab absolut keinen Sinn! So wie es jetzt war, konnte es nicht bleiben. Sie ging ins Schlafzimmer. Setzte sich auf die Bettkante. Grübelte. Zog sich aus. Legte sich ins Bett. Immer noch grübelnd. Was meinte er mit dem fehlenden Realitätsbezug? Irgendetwas stimmte hier nicht. Blitzartig reifte in ihr ein unumstößlicher Entschluss: Sie musste der Sache selbst auf den Grund gehen. Jetzt!

Carla sprang aus dem Bett, zog sich wieder an und warf im Bibliothekszimmer einen Blick auf die große Wanduhr: Es war Fünf vor Zwölf. Wohl war ihr nicht bei dem Gedanken, Mitternacht auf die Straße zu gehen. Allein. Aber sie hatte keine Wahl. Sie schlich also die Treppe hinunter, durchquerte den Gang, dann die Treppe hoch in die Garage, zog die schwere Tür auf und stand auf der Straße. Die Gegend war um diese Zeit noch ziemlich belebt. Es musste irgendwo in Mitte sein. Sie schlug den Mantelkragen hoch und stürzte sich in das Abenteuer. Hastigen Schrittes ging sie die Straße entlang. Mindestens bis zur vor ihr liegenden Kreuzung musste sie es schaffen. Und auf eine nordafrikanische Streife hoffen, falls ein rechtes Rudel aus einem der Hausaufgänge oder einer dunklen Seitenstraße brechen und sich über sie hermachen sollte. Es kamen ihr bisher aber nur junge Leute in Feierlaune entgegen, die sie nicht beachteten. Nach einigen Minuten erreichte sie die Kreuzung. Sie wartete kurz an der Ampel und bog dann rechts in die Hauptstraße ab, weil diese am besten beleuchtet war und damit den meisten Schutz bot. Ihr Blick wurde magisch von der riesigen Leuchtreklame eines Kinos angezogen. Interessante Filmtitel wurden dort im Wechsel alle zwanzig Sekunden eingeblendet, von denen sie noch nie gehört hatte. „Das Ende der bleiernen Zeit", „Blauer Aufbruch", „Im Dienste der Freiheit", „Carla - 2027" …. Waass? „Carla - 2027" ?? Carla sah plötzlich ihr eigenes Gesicht überlebensgroß vor sich. Mit offenem Mund stand sie unter der Leuchttafel und rieb sich die Augen. Warum halluzinierte sie? Hatte X ihr Drogen in den Wein getan oder war sie schlicht verrückt geworden? Carla bekam Angst, dass ihr als nächstes schwarz vor Augen und sie umkippen würde. Sie wusste nicht, wie die ihr verabreichten Psychopharmaka wirken würden. Sie musste sofort zurück in die Wohnung und ins Bett. ---

„Taxi, junge Frau?"

Direkt hinter ihr am Straßenrand hatte ein Auto gehalten. Was ein Glück. Sie öffnete die Tür des Wagens und sank mit weichen Knien in das Sitzpolster. Sie kannte die Adresse nicht, aber den Weg hatte sie sich eingeprägt.

„Bitte biegen Sie da vorne links ab und fahren Sie dann ein bis zwei Kilometer geradeaus!" ---

„Ja, ich weiß", erwiderte der Taxifahrer und drehte sich zu ihr um. Sie erkannte ihn sofort: Es war Glöckler!!

„Nein!!" schrie Carla außer sich vor Angst. Nun hatte man sie doch geschnappt. Wäre sie doch bloß in der Wohnung geblieben.

„Ich tue Ihnen nichts, Carla", sagte Glöckler dem zitternden Häuflein Elend in seinem Auto, das ins Weinen ausgebrochen war.

„Bleiben Sie ruhig. Ich bringe Sie in diese Wohnung. Ich fahre nur einen klitzekleinen Umweg, um Ihnen etwas zu zeigen."

Er fuhr zunächst die Hauptstraße weiter hoch und bedeutete ihr, aus dem Fenster zu schauen. Ihr drohte der Kopf zu zerbersten. Überall sprang ihr von Lichtreklamen und Litfaßsäulen, ja, auch von gigantischen Plakaten an Hauswänden ihr eigenes Abbild entgegen.

„X wird Ihnen erklären, was das alles zu bedeuten hat", sagte Glöckler. „Ich habe ihn informiert. Er erwartet Sie bereits."

Als er sie vor der Tür zur Garage absetzte, verabschiedete er sie mit den Worten:

„Mein Name ist Reginald Hülsenbrink. An Ihrer Entscheidung hängen viele Karrieren. Denken Sie bitte daran."

xxxxx

Carla drückte wie in Trance die nur angelehnte Garagentür auf, stolperte die Treppe hinunter, schleppte sich durch den Geheimgang und die zweite Treppe hinauf wurde sie bereits von den starken Armen von X gezogen, der sie in die Bibliothek trug und auf dem Ledersofa ablegte. Statt Wein flößte er ihr ein Glas Wasser ein. Schweigend setzte er sich in den Sessel und beobachtete sie.

„Wo bin ich. Was ist das hier alles? Ein Film?" ---

„Hier gibt es keine Kameras. Deshalb habe ich dich hergebracht", sagte X. „Es tut mir leid, dass du es auf diese Weise erfahren hast. Ich wollte mir einige Tage oder notfalls auch Wochen Zeit nehmen, um dich langsam und möglichst schonend darauf vorzubereiten. Ich habe den Produktionsleiter angerufen. Er wird gleich hier sein und dir die aktuelle Situation erläutern."

Carla schwieg. Das Kreisen war weg. In ihrem Kopf herrschte jetzt Leere. So verbrachte sie eine halbe Stunde. Ohne ein Wort.

Kapitel 14

Carla erkannte den Produktionsleiter an seiner auffälligen Narbe auf der Stirn sofort wieder.

„Warum haben Sie Dr. Glöckler nach dessen Ankunft im Schloss hündisch die Schneereste von den Reitstiefeln geleckt", fragte sie ihn auf den Kopf zu als er die Bibliothek betrat.

„Wir fanden den Effekt überzeugend. Unseren Komparsen war dies aber zu ekelerregend und schmutzig, so dass ich es kurzerhand selbst gemacht habe. Ich bin halt Perfektionist", entgegnete Schorsch Müller und streckte ihr zur Begrüßung die Hand entgegen. „Gerade bei der Ausgestaltung des Inneren Reichsparteitages haben wir weder Kosten noch Mühen gescheut. Allein das Mieten des Schlosses hat Unsummen verschlungen. Tausend Reichsbürgeruniformen mussten im Kostümfundus beschafft oder eigens geschneidert werden. Sehr teuer war auch der Herantransport der riesigen Glocke aus einer der städtischen Kirchen. Auch viele der Revers-Glöckchen waren mit kleinen Kameras ausgerüstet, damit wir aus möglichst viel Material eine breite Auswahl für den Schnitt zur Verfügung hatten. Wir haben als Profis nichts dem Zufall überlassen. Haben Sie nicht den höllischen Gestank bemerkt, als Glöckler die Bühne betrat? Das war Schwefel!" rief Schorsch Müller begeistert. Er schrie sich in Hochform und seine Glatze lief rot an und der Schweiß perlte ihm in Rinnsalen das Gesicht herunter: „Die Leute im Getränkestützpunkt, im Gefängnis, auf dem Medikamentenflohmarkt, in der Bar. Hier waren wir in Sorge, dass Sie Verdacht schöpfen könnten. Denn viele unserer Statisten mussten wir mehrfach besetzen. Aus Kostengründen, verstehen Sie? In der ersten Staffel mussten wir finanziell erstmal ins Risiko und in Vorleistung gehen. Aber die Rechte für Staffel 2 haben wir schon in 27 Länder verkauft. Wir werden steinreich damit!" brüllte der kleine, gedrungene Schorsch Müller, sprang wie ein Gummiball im Zimmer auf und ab und schwang die Faust in die Luft.

„Erste Staffel?" flüsterte Carla.

„Ja, die ist abgedreht und läuft schon in den Kinos. Ein Riesenerfolg! Das fing schon in Teil 1 mit der Übertragung aus Ihrer Wohnung an. Überall waren kleine Kameras installiert. Eine Faktencheckerin bei der Arbeit. Beim Zensieren von Texten. In

Großaufnahme. Wie sie das I-Wort aus Indianerbüchern für Kinder tilgt. Grandios! Episode 2, der Überfall im Park und die Verhaftung, ließ die Quote explodieren. Das war der Durchbruch. Unserem Reichskürassier hatten wir die Kamera in die Helmspitze montiert, so dass das Publikum Ihre Angst aus der Vogelperspektive sah. Die Episode vom Inneren Reichsparteitag ließ das Ausland aufmerksam werden. Der Verkauf läuft seitdem wie geschnitten Brot. Dank Ihnen, liebe Carla. Sie sind ein internationaler Filmstar! Die Leute lieben Sie. Begeistert war man auch von der nächtlichen Kampfszene. Special effects! Ohne das geht es heutzutage nicht mehr. Da sind Sie wirklich über sich hinausgewachsen, Carla. Von der verhuschten Angsthäsin zur echten Heldin. Sowas kommt immer gut an. Selbst der grimmige Herr Fritze, unser Gardekürassier, hat sie dafür gelobt. Er hatte besonderen Spaß an diesem Stunt. Das Merchandising läuft auf Hochtouren. Selbst die ‚Plüschkatze Mina' wirft signifikante Gewinne ab und spielt einen Teil der Unkosten ein.

„Wie geht es Mina?" fragte Carla leise. ---

„Moment mal, schauen Sie hier." Schorsch Müller warf sein Handy an. „Hier ist die Live Cam. Mina schläft selig und satt in ihrem Körbchen. Wir haben extra eine Mitarbeiterin unserer

Produktionsfirma für Mina abgestellt, die dafür in Ihre Wohnung eingezogen ist. Die Fans hatten das gefordert. Wir bekommen täglich hunderte Briefe unserer Zuschauer nur zur Katze." Der Stolz über seine professionelle Detailtreue und Sorgfalt war Produktionsleiter Müller deutlich anzumerken. Carla besah sich erleichtert ihre schlafende Katze und hauchte ein „Danke".

Nun wechselte Müller den Tonfall. Er klang plötzlich ernst und streng.

„Leider hat unser Mitarbeiter X eigenmächtig gehandelt und den Fortgang der Produktion gefährdet. Laut Drehbuch sollte er Sie mit dem weißen Lieferwagen nach der nächtlichen Schlacht an einen bereits ausgestatteten Set bringen, wo neue Abenteuer Ihrer geharrt hätten. Stattdessen entzog er Sie in dieser geheimen Zweitwohnung eines Freundes den weiteren Dreharbeiten. Offenbar hat er es sich in den Kopf gesetzt, Sie über die im Lande seit einigen Jahren herrschenden Realitäten zu informieren. Damit hat er den Vertrag mit unserer Firma gebrochen und das könnte ein ernstes Nachspiel für ihn haben, es sei denn, Sie zeigen sich kooperativ und wirken weiterhin in unserer Serie mit. Sie müssten ab sofort dann halt so tun, als kennten Sie die Realität nach wie vor nicht. Stellen Sie sich ebenso ahnungslos und saudumm, wie Sie es bisher wirklich waren!" lachte Müller und zwinkerte ihr verschwörerisch zu. „Es wird Ihr finanzieller Schade nicht sein. Willkommen im Raubtierkapitalismus!"

Mit diesen Worten knallte ihr der Geschäftsmann den Vertragsentwurf zur Mitwirkung an der restlichen Staffel 2 von „Carla -- 2027" mit der Option auf weitere Staffeln auf den Tisch, sprang auf, verschwand durch die Tür und ließ Carla und X allein zurück.

Kapitel 15

„Warum ich?" fragte Carla nach einer gefühlten Ewigkeit und blickte X fragend an.

„Das ist relativ leicht zu beantworten", erwiderte X. „Nachdem die bürgerliche Revolution in Deutschland 2026 gesiegt hatte, gab es nur noch zwei Personengruppen im Land, die das nicht mitbekommen hatten. Da waren zum einen Komapatienten in Krankenhäusern und zum anderen eben die sogenannten Faktenchecker, die ja auch schon die Jahre zuvor in ihren Blasen und Elfenbeintürmen die Realität nicht gesehen hatten. Sie waren halt als ahnungslose Hauptdarsteller prädestiniert für dieses Serienprojekt der Unterhaltungsbranche, das große Gewinne versprach. Denn die Leute hatten riesigen Spaß daran, sich an der unfassbaren Blödheit dieser auf irrwitzige Weise fehlgeleiteten Spezies zu ergötzen. Du gehörtest als ‚Faktenfüchsin des Jahres 2025' halt zu den besten deines Faches."

„Wann hast du beschlossen, mich aus dieser unbeschreiblichen Blamage rauszuholen?" fragte Carla matt. ---

„Ich sah Episode 1 der ersten Staffel mit Freunden im Kino. Ich zahlte auf dem Schwarzmarkt 200 Mark für die Eintrittskarte. Da war ich Feuer und Flamme für das Projekt, das ja auch der Aufklärung darüber diente, was Indoktrination und Gehirnwäsche aus einem Menschen machen können. „Carla – 2027" ist Pflichtprogramm an den Schulen. Interessant war ja auch, dass insbesondere Menschen mit höheren formalen Bildungsabschlüssen auf diese unbeschreiblich abartige Propagandascheiße hereinfielen und sich konform verhielten. Für die war 2 + 2 = 5, wenn es nur von höherer Stelle behauptet wurde. Ähnliche Effekte hatte Hannah Arendt einst ja bezüglich der sogenannten Intellektuellen im Dritten Reich nachgewiesen. Ich bewarb mich spontan als Darsteller für Episode 2. Aber als ich dir im Park in echt ins

Gesicht und dort deine tiefen Angstgefühle sah, änderte sich meine Einstellung."

„Habe ich dich denn nicht erstmals im Gefängnishof getroffen?" Carla war erstaunt.

X griff ins Bücherregal, holte eine Taschenlampe hervor und hielt sie ihr ins Gesicht:

„Geht es Ihnen gut, Bürgerin? Sind Sie verletzt?" Es war die Stimme von Massoud.

„Du elendes Schwein!" schrie Carla, schlug ihm die Taschenlampe aus der Hand, verpasste ihm eine kräftige Ohrfeige und warf sich heulend aufs Sofa.

„Wir hatten fast alle Doppelrollen, weil wir Geld sparen mussten", sagte X. „Die Darsteller der nordafrikanischen Bürgerstreifen mussten besonders lange in die Maske. Hier war die im Jahr zuvor erfolgte massenhafte Remigration definitiv von Nachteil. Wir lernten alle sogar ein paar Brocken arabisch, um den Akzent halbwegs echt klingen zu lassen. Keine Sorge im übrigen, die Rücksiedelungen verliefen sehr verträglich. Die meisten, die sich nichts zuschulden kommen ließen, wurden mit Rückkehrprämien und Krediten ausgestattet. Ein kleinerer integrierter Teil blieb. Weniger erfreulich lief es für die Politiker, die die Grenzen geöffnet und unser einst schönes Land in die Hölle auf Erden verwandelt hatten. Aber selbst sie bekamen im wiederhergestellten Rechtsstaat die fairen Prozesse, die sie selbst ihren Gegnern in der dunklen Zeit unseres Landes nie zugebilligt hatten."

„Und was ist mit den ganzen Rechten, den Rechtsextremisten, Rechtsradikalen, Nazis, Faschisten und Reichsbürgern?" fragte Carla und wischte sich schluchzend die Tränen aus dem Gesicht, denn sie fühlte ihre Welt zusammenbrechen. ---

„Es gab in der Opposition in der Tat ein paar vereinzelte Spinner und auch diese viel zitierte Rollator-Bande könnte womöglich in irgendeinem Altersheim wirklich existiert haben. Die Gefahr für Freiheit und Demokratie ging allerdings von den Alt-Kräften des Kartells aus, die sich den Staat und seine Institutionen zur Beute gemacht und die Gewaltenteilung abgeschafft hatten. Sie errichteten ein pervertiertes System der institutionalisierten Lüge, das sie von den Belogenen zwangsfinanzieren ließen. Übelster Auswuchs waren hier die sogenannten …

„Faktenchecker?" unterbrach ihn Carla.

„Ja, leider", sagte X. „Gut, dass du selber drauf gekommen bist. Ich werde dir aber so oder so nichts ersparen. Du musst da jetzt durch. Das nennt sich Katharsis." ---

„Und was ist mit Bert Glöckler alias Reginald Hülsenbrink?"

„Glöckler gibt es wirklich. Ein etwas versponnener Provinzpolitiker. Typ nationaler Romantiker. Präsident eines südlichen Gaulandes. Ihr habt das Monster aus ihm gemacht, das Reginald dir vorspielte. Der Glöckler ist die Rolle seines Lebens. Keiner wollte den spielen, um nicht auf ewig auf die Rolle des Bösewichts festgelegt zu sein. Ich kenne Reginald schon seit einigen Jahren. Er galt bis jetzt eher als so etwas wie eine verkrachte Existenz, der sich in kleineren Stadttheatern von einem Engagement zum nächsten hangelte und auf Kleinstkunstbühnen in irgendwelchen schmierigen Spelunken auf Hinterhöfen auftrat, wo er bei einer Wirtshausprügelei den gescheiterten Playbacksänger Mick Mäusebrecht kennenlernte, den Darsteller des Rindermann. Schorsch Müller sagt immer, dass sich nach dem Abdrehen der kompletten Serie und der Verleihung des deutschen Filmpreises alle an *den Hülsenbrink* erinnern werden und keiner mehr an Bruno Ganz. Eines ist klar, an diesem Projekt hängen viele Wünsche, Hoffnungen und Karrieren. Reginald hat eine Familie zu versorgen. Auch ich wäre dann arbeitslos. Aber ich hätte

natürlich Verständnis, wenn du aussteigst",
schloss X.

„Ich gehe dann in meinen alten Job als Faktenprüferin zurück", sagte Carla und brach in einen irren
Lachkrampf aus. Als sie sich beruhigt hatte, zog sie
X zu sich aufs Sofa, küsste ihn und hauchte ihm ins
Ohr:

„Ich verrate dir ein Geheimnis: Du warst mir irgendwie sofort sympathisch. Schon als Massoud.
Trotz angeklebten Schnurrbarts und schwarzer Perücke. Aber bitte verrate mir nur noch eines: Warum?? … Warum hast du das für mich getan?" ---

X schaute ihr tief in die Augen: „Ich liebe dich, verdammt nochmal!" ---

„Ich weiß nicht, wie du heißt. Aber ich wusste,
dass es dich gibt", sagte Carla und wir hören sie
noch ganz leise zu sich selbst flüstern *Zeit, bitte
bleib' stehen* und es klang wie ein flehendes Gebet
an eine höhere Macht, der sie sich in diesem Moment ganz nah' fühlte.

…

Wir üben uns hier in Diskretion und klinken uns
zum vermutlichen Bedauern einiger Leser aus

dieser wahren Geschichte aus. Ohnehin überstiege es das sprachliche Vermögen der Autorin, die nun folgende leidenschaftliche Liebesszene, die den Rahmen alles in der Literatur bisher Dagewesenen deutlich sprengte, auch nur annähernd mit Worten zu beschreiben. Denn Carla spürte in diesem Moment, was sie X wirklich zu verdanken hatte.

*****

Epilog

Nachzutragen wäre, dass das Paar drei weitere Tage in seinem Liebesnest verblieb. Dann unterschrieb Carla den Vertrag mit der Produktionsfirma über die Mitwirkung an der restlichen zweiten Staffel. Zwischen den Dreharbeiten bekam sie Schauspielunterricht von X. Sie stellte nun ihr früheres Ich dar, was sehr witzig war und ihr sehr viel Spaß machte. Ihre Lieblingsszene war, wie sie erneut verhaftet und zur Zwangsarbeit als Dienstmagd auf Parteiführer Glöcklers Hof verurteilt wurde, wo sie unter gut gespielter Todesangst unerkannt wichtige Geheimdokumente aus einem Tresor stahl, die sie zusammen mit ihren Lageberichten aus dem Reich, die später als ‚Der Report der Magd‘ berühmt wurden, an die Prüfbehörde des Siedlungsgebietes schmuggelte.

Nach der zweiten Staffel aber war Schluss. Carla färbte sich die Haare und baute sich mit X und ihrer Millionengage ein Leben in einem der wenigen exotischen Länder auf, wo die Serie momentan noch nicht lief und niemand sie erkannte. Später, wenn Gras über die Sache gewachsen war, wollten sie mit ihren Kindern in ihre wiedererblühende Heimat Deutschland zurückkehren. Wir wissen nicht, ob es dazu kommen wird. Hoffen es aber. Um die wahre Identität von X ranken sich bis heute Legenden. Von dem Dorf, in dem er aufgewachsen sein will sowie von seinen Eltern fand sich keine Spur.

*****

Nachwort des Amtes für Literatur

Bald fand man heraus, dass parallel zur Film-Serie das vorliegende Buch mit dem Titel „Carla - 2027" erschienen war. Es wurde zum Bestseller und die bis dato eher unbekannte Autorin SKM gewann damit locker aus dem Stand den Nobelpreis im Bereich Sachliteratur. Das Ende wich von der Filmvorlage ab. Es kam der Verdacht auf, dass das *Happy End* frei erfunden sei, um den Verkauf des Werkes anzukurbeln. Kritiker wiesen auf die mangelnde Plausibilität der letzten Kapitel hin, die konstruiert und seltsam aufgesetzt, ja, kitschig wirken und nicht zur wahren Vorgeschichte zu passen scheinen. Es wäre völlig unmöglich, ja geradezu absurd, dass jemand dem ewigen Fegefeuer einer Gutmenschenhölle entkommen könne. Weder dank Mithilfe von außen und schon gar nicht unter eigenem Zutun. Wer verdammt sei, bliebe dies nach allen vorliegenden wissenschaftlichen Erkenntnissen auch. Laut unbestätigten Informationen seien Carla und „X" nach der Verfolgungsszene mit dem Gardekürassier und Rindermann in Wirklichkeit zu dem vorbereiteten Set gefahren und Carla habe inklusive des Endes der zweiten Staffel nicht mitbekommen, dass es sich um eine Simulation handelte. Diesen Berichten zufolge prüfe sie derzeit weiterhin in einer psychiatrischen Anstalt Fakten und werde in Staffel 3 der Serie wie geplant gemeinsam mit „X" und Prinz Preuß XXXVIII. an Bord einer Reichsflugscheibe nach Neuschwabenland reisen, um dort Abgesandte von Aldebaran zu treffen. Die Nachforschungen der von der neuen bürgerlichen Regierung eingesetzten Faktenprüfer bezüglich des Wahrheitsgehaltes des umstrittenen Buches dauern zur Stunde noch an.

∎∎∎∎∎∎∎∎∎∎∎∎∎∎∎∎∎∎∎∎∎∎∎∎∎∎∎∎∎∎∎∎∎∎∎